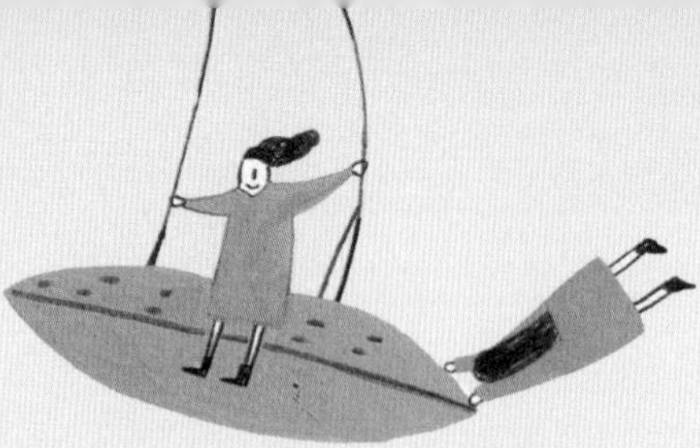

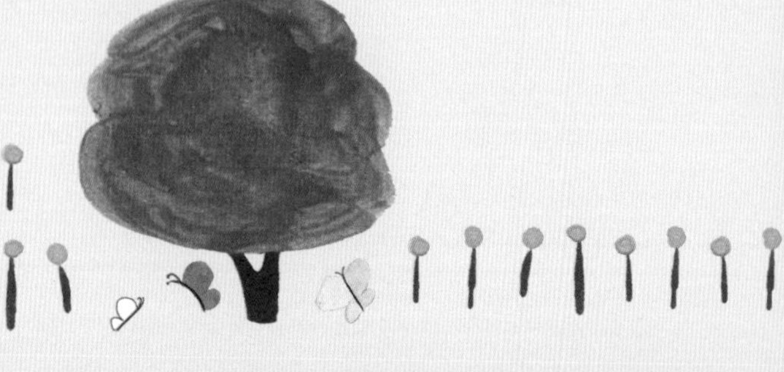

111個最難忘的故事

第**1**集
誰能讓公主笑

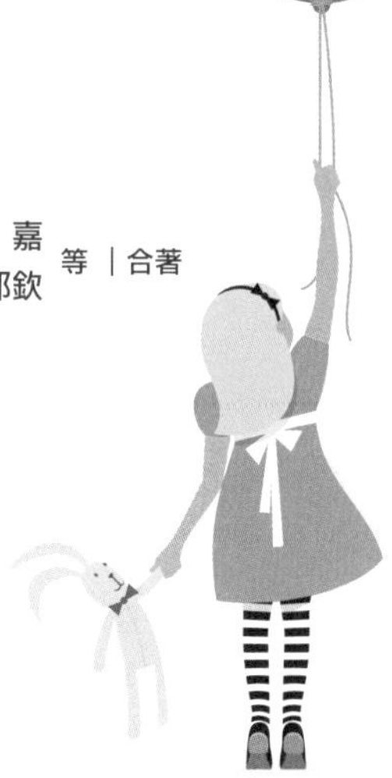

桂文亞、管家琪、童　嘉
岑澎維、王文華、黃郁欽 等｜合著
林雅萍｜繪

最新
800字
短篇故事

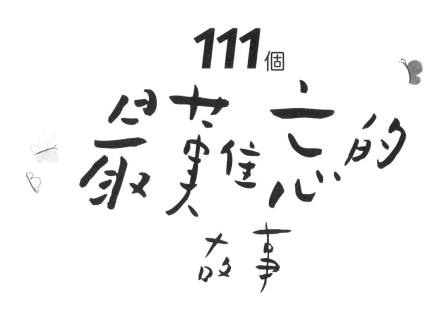

序一

最初的耳語者仍未走開

黃雅淳
國立臺東大學兒童文學研究所副教授

你是否還記得自己第一次的閱讀經驗？如果讓你選擇一個童年時期最難忘的故事，那會是什麼？為什麼？新疆作家李娟曾寫下她第一次讀懂文字意義時的震撼：

好像寫出文字的那個人無限湊近我，只對我一個人耳語。這種交流是之前在家長老師及同學們那裡不曾體會過的。那可能是我最初的第一場閱讀，猶如開殼中小雞啄開堅硬蛋殼的第一個小小孔隙。（〈閱讀記〉）

這個閱讀體驗打開了她身在遙遠的阿勒泰哈薩克部落中的一扇門，從此通向更廣大世界。

榮格心理分析學派對人類心靈有一個假設，認為人的內在有一個核心真我（Self，或稱「自性」），它對每一個獨特生命的發展有獨特的意圖，它發展的目的是要成為一個完整、獨特又真實的自己。榮格考察不同民族的宗教、神話、傳說、童話與寓言，得到所有人類共有的幾種原型。他認為原型故事在文學的位置就如同單細胞般的存在，擁有不停被演繹的可能性，所以可以跨越時間與文化，觸動不同的心靈。

這套《111個最難忘的故事》邀請了臺灣四十位老中青不同世代的兒文作家，各自採集童年最難忘的故事，改寫為八百字短篇故事，並說明這個故事令他難忘的原因。奇妙的是，這些被記錄的故事大多是中西方神話、童話等民間文學，以及口傳的家族故事。這似乎驗證了榮格分析學派的理論，這些仍圍繞在我們身邊的古老神話、傳說與童話，必然存在著與當代人心靈仍能相應的精神內涵，呼應著述說者各自的內在狀態。當我們對某些故事特別有所感時，或許它正與我們生命中的主旋律合拍共鳴。而當這些跨越文化與時空的原型故事出現在我們眼前，講述者與聆聽者也將投射自己的經驗、想像與理解在其中，進而看見故事中的智慧與體悟如何回應著我們當下的生命處境。如此，故事往往會從一個古老的「他者」故事變成「我的」故事，而同一個故事也會因為一再被傳述而延續，成為人類共同的文化記憶與資產。

所以，當我們閱讀這些被不同世代作家所採集或重寫的童年難忘故事時，似乎看見當年對這些作家訴說的神秘耳語者仍未走開，它仍透過故事對每一個讀者訴說著屬於他，或許也將屬於我們的心靈祕密與寶藏。

5 最初的耳語者仍未走開

序二

以新時代語言　傳遞雋永故事

～臺灣首度跨世代故事採集～

馮季眉　字畝文化社長兼總編輯

作家是最會說故事的人！而他們小時候，一定也有人為他們說好聽的故事。那些好聽的故事，讓他們成為愛聽故事、愛寫故事、愛分享故事的人，並且用自己釀造的故事，豐富這個世界，也回應飽含故事滋養的童年不時對他們發出的召喚。

有一次和幾位兒童文學作家朋友相聚，故事高手們見了面，七嘴八舌，不是說八卦，而是說故事。童書作家的腦子和肚子裡，似乎隨時裝滿各式各樣、五顏六色、神奇精采的故事，它們活潑又充滿生機，不時會淘氣的跑出來玩。這樣的聚會，簡直像是一場交換故事的遊戲，彼此交換正在進行以及還在醞釀中的故事。就這樣，每個說故事的人都換到好些有趣的故事。在兒童文學還沒有成形以前，故事都以口傳方式流傳，這種互相交換故事的遊戲，不正是故事採集與書寫的源頭嗎？透過採集與書寫，使得原本僅僅流傳於一時一地的口傳文學，能夠代代相傳而成為人類社會共享的資產。

這個交換故事的有趣經驗，促使我想將它轉化為童書編輯計畫，邀集分屬不同世代、不同成長背景的臺灣兒童文學作家，一起回顧童年聽過或讀過、迄今仍印象深刻的故事，改寫重述，說給後來的小讀者聽，讓雋永、有趣的故事，透過不同世代、透過新的語言與感知，傳遞下去。

特約主編玫靜向數十位兒童文學作家發出邀請，共有四十位作家共襄盛舉，並各自提出幾個「最難忘的故事」。主編淘汰重複的選題，確定篇目之後，由作家將原本的故事提煉濃縮為短篇故事，以當代的語言進行改寫重述。這就是這一套《最難忘的故事》的誕生過程。

這應是臺灣首度進行「向不同世代的作家採集兒時故事」。首批採集結果，收集了一百一十一個故事，包括童話、寓言、神話、民間故事等多元類型，故事來源則涵蓋古今中外的兒童文學名著、未經書寫的口傳故事……。主編精心編輯，將一百一十一個故事分為四集，每集二十七至二十八個故事，篇篇搭配全彩插圖，讓兒童閱讀文字的同時，也閱讀豐富的圖像，豐富視覺、激發想像。

為什麼將故事篇幅設定為八百字呢？這是考量兒童聽說讀寫的時間、速度、能力，特地做的安排。八百字的短篇故事，適合兒童隨時隨地利用零碎時間閱讀，只要短短幾分鐘，便能充分享受一則故事的樂趣。八百字故事，也適合做為親子共讀的床邊故事，慢慢講述，口讀時間約是五分鐘。題材多元的短篇故事，同時也是校園晨讀、課堂「迷你閱讀」、說故事與朗讀練習的好素材。由於同一集所收錄的故事類型、題材、來源，具高度異質性與多樣性，小讀者手持一書，便得以穿越時空、出入古今，這種閱讀體驗，相對於閱讀一本單一主題的書，更富於變化也更新鮮有趣。

世上應該沒有不愛聽故事的孩子。但願我們都能像《一千零一夜》裡的莎赫札德，面對「再說一個故事好不好」的要求，總有說不完的故事。《最難忘的故事》請來臺灣最傑出、知名的兒童文學作家，為孩子們獻上一百一十一個精采的故事。這，只是字畝文化推出臺灣版「莎赫札德」說故事的開始喔……。

目錄

張生煮海

故事採集・改寫／桂文亞

故事來源／中國戲曲故事

張生是個年輕俊秀的書生，一日，路過一座位於東海岸邊隱僻的古寺，借住下來。讀書彈琴，倒也安靜愉快。這夜，他燃了燈，焚上香，在書房中彈琴，晚風，輕送著美妙的琴聲，一直傳送到海邊。

「好美的琴音啊！」東海龍王的三女兒瓊蓮，正在丫鬟陪侍下出海夜遊。

循聲而來，瞧見了一表人才的張生在燈下彈琴。

「他琴音之中，字字情無限，韻味無窮啊！」瓊蓮暗自讚賞著高妙的琴音，不知不覺動了凡心。忽然「啪」的一聲，琴弦斷了。張生收斂心神起身尋找。瓊蓮一時走避不及，給撞見了。

「好一位貌似天仙的小姐！」張生又驚又喜：「請問是哪家的小姐？夜這麼深了，怎麼還流連在外？」

龍王公主據實以告。

「小姐既然是為了聽琴而來，想必是懂音樂的。何不到書房中坐下，讓我為你獻上一曲？」張生喜獲知音，公主一見鍾情，相互萌生愛意。

「小姐如果不嫌棄，願意嫁我為妻嗎？」

「好是好，」瓊蓮羞紅了臉頰：「但我得先稟告父母。」

「這樣吧！八月十五日中秋節，請公子到龍宮求親。」說完，取出一條冰蠶織成的鮫綃絲帕，交給張生做為信物，便飄然離去了。

意亂情迷的張生哪裡等得及八月十五呢？天剛破曉，就收拾行囊奔向海邊。只是，大海茫茫，哪裡才是龍宮的所在？正愁得不知如何是好，迎面卻

來了一位仙姑。

「讓我來問問路吧！」張生請求仙姑指點迷津。

「小兄弟，」仙姑說：「龍王法力大，脾氣狂暴，哪裡會輕易把女兒許配給你？」

「我們的婚事難道就沒有希望了嗎？」張生不禁悲從中來。

「你們是誠心相愛的，」仙姑微笑著說：「這樣吧！給你三樣寶貝。」說完，便取出銀鍋一只、金錢一文和鐵杓一把。

「你用鐵杓把海水舀進鍋裡，放進金錢，用火去煮。煮一分水，海水就會去十丈；煮兩分，就去二十丈；鍋子煎乾了，海水就會見底。到時龍王急壞了，自會令人來請，招你做女婿。」

翻騰沸滾的海水呼嚕呼嚕冒起泡泡，海裡的魚也潑刺亂跳，「別煮啦！別煮啦！」海龍王急得沒辦法，趕緊請石佛寺的老師父來勸阻。

「龍公主不嫁給我，我就一直煮下去！」

「別煮啦，別煮啦！」老師父帶來了喜訊：「東海龍王要我來作媒，招你做東床嬌客啦！」

難忘心情

從小，神話故事最能引起我的閱讀興趣，除了西方的經典童話《美人魚》，我對中國的《海龍王》故事，也特別感興趣。〈張生煮海〉原是中國元代李好古的戲曲劇本，同樣是一則愛情故事，卻充滿溫情和趣味。特別是「煮海」這一段，完全是童話的筆法，最不可思議的就是把海水舀進銀鍋裡，把金錢放進去煮，等鍋子的水煎乾了，海水就會見底，讀過難忘，雖然是不可能的事，我卻牢牢記住了。

說故事的人

桂文亞，兒童文學作家，曾任教職、《聯合報》記者、副刊編輯、《民生報》兒童組主任、童書主編、《兒童天地週刊》總編輯、聯合報童書出版部總編輯等職。現為「思想貓」兒童文學研究室負責人、浙江師範大學兒童文化研究院講座教授。

出版成人及兒童文學創作五十餘冊、編輯童書近四百五十冊。得獎紀錄：信誼兒童文學特別貢獻獎、宋慶齡兒童文學獎、好書大家讀年度最佳少年兒童讀物獎、中華兒童文學獎及世新大學十大傑出校友等獎。

立志要當小狗的驢子

故事採集・改寫／管家琪
故事來源／伊索寓言

農場裡有一隻驢子，總是非常羨慕一隻小狗。

在驢子看來，那隻小狗什麼也不會，也什麼都不用做，甚至可以說是整個農場裡最遊手好閒的一個，每天從早到晚懶懶散散，像個遊魂似的無所事事、晃來晃去。驢子觀察了很久，認定小狗唯一的本事就是撒嬌，唯一要做的事情也是撒嬌。

奇怪的是，光是這樣居然也就夠了！每天傍晚，當驢子跟主人一起回來，那隻小狗就汪汪叫著，然後搖著尾巴迎上來，直奔主人的懷裡，主人總會立刻蹲下來摟著小狗，一邊叫著小狗的名字，一邊哈哈笑著，誇獎小狗好可愛，主人無論是神情或是語氣，都是那麼的愉快。

驢子反觀自己，每天辛辛苦苦的工作，從早累到晚，幾時有過這樣的待遇？別說這樣的待遇了，主人根本很少用正眼來瞧過他！

「那個傢伙憑什麼能得到主人這樣的寵愛呢？真是太不公平了！」驢子忿忿不平的想著。

日子一天一天的過去，驢子對小狗的羨慕漸漸轉為嫉妒，然後又漸漸增添了恨意。

終於，有一天，驢子做了一個重大的決定！

他立志不當驢子了，他要改當一隻小狗！

從這天開始，驢子只要逮到一點兒空閒，就會偷偷盯著小狗，仔細觀察著小狗的一切舉止，包括怎麼叫、怎麼搖尾巴、怎麼吐舌頭，還有怎麼活潑的蹦蹦跳跳故作可愛狀。

過了一段時間，驢子很有把握自己

已經自學成材，可以好好的展現一下了。

這天傍晚，驢子和主人一起回到農場，當主人剛剛才把套在驢子身上的農具卸下來，驢子馬上就人立起來，尾巴搖得像瘋子，然後一邊發出恐怖、難聽的叫嚷，一邊竟然還想要朝主人撲過去！

接下來自然是一陣

混亂。不用說，不僅主人嚇壞了，附近的人也都認為這隻驢子發狂了，於是紛紛抓起棍棒一擁而上，合力把這隻驢子給痛打了一頓，生怕驢子會傷人。

後來，當驢子躺在驢棚裡哀號不已的時候，小狗前來探望他，表示了誠摯的慰問，還啼笑皆非的說：「哎，你怎麼會這麼糊塗啊，你明明是一隻驢子，怎麼可能變成一隻小狗呢？」

難忘心情

「明明是一隻驢子，怎麼可能變成一隻小狗呢？」——每個人都是不一樣的，我們不必去羨慕別人，重要的是要找到自己的特質，然後好好努力，總會走出自己一條屬於自己的道路。

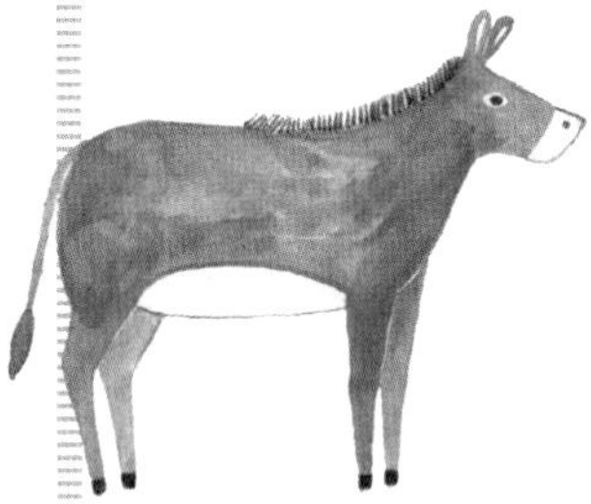

說故事的人

管家琪，兒童文學作家，曾任《民生報》記者，後專職寫作至今。目前在臺灣已出版創作、翻譯和改寫的作品逾三百冊，在香港、馬來西亞和中國大陸等地也都有大量作品出版。曾多次得獎，包括德國法蘭克福書展最佳童書、金鼎獎、中華兒童文學獎等等。

作品曾被譯為英、日、德及韓等多國語文，並入選兩岸三地以及新加坡的語文教材。經常至華語世界各地中小學與小朋友交流閱讀與寫作，廣受歡迎。

小白兔賣大米

故事採集・改寫／許書寧
故事來源／口傳故事

從前從前，有一隻聰明的小白兔，收割了一批飽滿扎實的大米，蹦蹦跳跳的出門尋找買米的客人。

首先，他把米賣給蟑螂：「請你明天早上九點來我家，記得帶錢和載米的手推車哦！」

接著，小白兔又把米賣給母雞：「請你明天早上九點半來我家，記得帶錢和載米的手推車哦！」

在那之後，小白兔又依序拜訪了狐狸、土狼和獵人，和他們各自約定了隔天早上十點鐘、十點半、十一點鐘的取米時間。

隔天早上九點鐘，蟑螂準時來到小白兔家。小白兔收了錢，和蟑螂坐下來談天說地時，忽然傳來敲門聲。

「咚咚咚！小白兔，請開門，我是母雞。」

蟑螂一聽，嚇得魂飛魄散。小白兔安慰他說：「別擔心，你先去灶臺下躲一躲，等母雞走了再出來。」蟑螂便連滾帶爬的鑽到灶臺底下去了。

母雞進門後，把錢交給小白兔，就坐下來閒話家常。說著說著，忽然傳來敲門聲。

「咚咚咚！小白兔，請開門，我是狐狸。」

母雞一聽，嚇得臉色蒼白。小白兔安慰她說：「別擔心，你先去灶臺下躲一躲，等狐狸走了再出來。」母雞飛奔到灶臺下，看見躲在那裡的蟑螂，就把他一口吞進肚子裡了。

小白兔打開門，收了狐狸帶來的錢。他們正在說話時，狐狸遠遠瞧見土狼正朝著這裡走來，嚇得手腳發軟。小白兔安慰他說：「別擔心，你先去灶臺下躲一躲，等土狼走了再出來。」狐狸跌跌撞撞的鑽進灶臺，看見躲在那裡的母雞，就把她給吃了。

土狼進了門，把錢交給小白兔，起身正要去搬米，忽然聽見門外傳來獵人的口哨聲，嚇得渾身打顫。小白兔安慰他說：「別擔心，你先去灶臺下躲一躲，等獵人走了再出來。」土狼夾著尾巴爬進灶臺，看見躲在那裡的狐狸，就把他吃掉了。

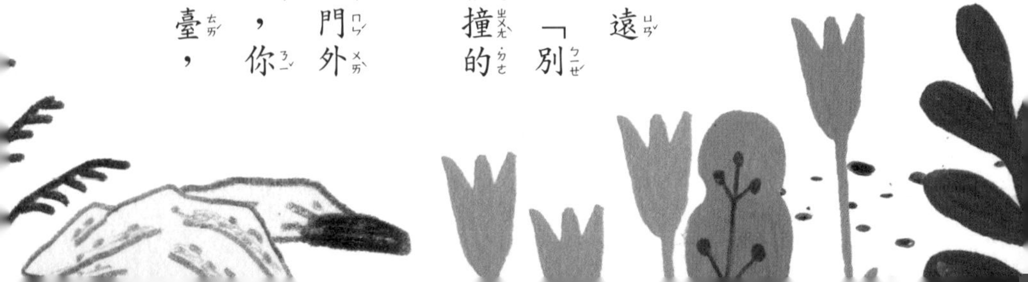

小白兔給獵人開門的時候，用眼神暗示著灶臺的方向。獵人好奇的上前查看，發現趴在灶臺底下發抖的土狼。

「可惡的傢伙！原來躲在這裡。我已經找你找很久了！」

砰！獵人開槍打死土狼，把他扛在肩膀上，高高興興的推著小白兔的大米回家了。

就這樣，聰明的小白兔賣掉了他的大米。不僅獲得五倍的價錢，還得到了四部載米用的手推車！

難忘心情

小時候，外婆家的廚房裡有一座傳統土灶臺。在沒有瓦斯的年代，人們若想要煮飯炒菜，就得往底部的灶門裡塞填柴薪，搧風點火。記憶中，外婆經常一邊煮飯，一邊講這個聰明小白兔的故事。我和姐姐、妹妹就坐在小凳上，讓廚房裡的土灶臺為故事「加溫」，感覺故事就像發生在自己家似的。

說故事的人

許書寧，愛畫畫，愛作夢的北港孩子，臺灣女兒，日本媳婦。先後畢業於輔仁大學大傳系廣告組及大阪總合設計專門學校繪本科。作品曾獲臺、日多項獎項。

目前定居日本大阪，從事文圖創作與翻譯工作。創作內容包括繪本、散文、插畫、翻譯、設計、有聲書等。

番婆鬼

故事採集・改寫／陶樂蒂

故事來源／臺灣原住民口傳故事

據說法力高強的番婆鬼，不但可以作法使人得怪病或肚子痛，而且可以用芭蕉葉飛行，夜晚時擁有像貓一樣的視力……

阿清是個殷實的好人，守著上一代留下的雜貨店，在小鎮上安分過日子，但因為生性木訥，四十歲了還沒成家。有一天，隔壁村子的一位好心的媒人婆登門前來，毫不避諱的打探身家，阿清害羞得面紅耳赤，最後媒人婆丟下一句：「包在我身上！」就旋風似的離開了。三五個月後，果然有了好消息，牛眠山那頭，有位閨名阿來的姑娘十分合適，兩人便在媒人婆的撮合下成了親。

雜貨店有了女主人，店鋪也煥然一新。阿來不僅人緣好、勤快，人更長得標緻，烏黑的頭髮，雪白的皮膚，笑起來如彎月般的明亮眼睛，唇紅齒白，鎮上的人都想來瞧瞧這位新嫁娘。阿來天生就有生意手腕，讓店裡的生意蒸蒸日上，大家都說阿清真是娶到了賢內助。

幸福的日子這樣過了幾個月。一天，阿清在盤點倉庫裡的存貨時，發覺倉庫的角落有件沒見過的黑色長袍，氣味腥臭，因為擔心招惹來老鼠，便將袍子燒掉。過了幾天，妻子阿來眼神閃爍的問阿清，有沒有看見倉庫裡的黑袍。忙著算帳的阿清回答燒掉了，並沒有注意到阿來的神色怪異。又隔了幾天，腥臭的黑袍竟然又出現了！阿清以為是生意遭忌，有人惡作劇，但是阿來不以為然的說不會有這樣的事。

鎮上開始出現奇怪的傳

聞：有人在晚上看見會飛行的巨大身影；小孩哭個不停後，就得了怪病；晚歸的行人被迷惑，醒來發現自己躺在墳墓過夜；許多人家的家禽家畜失蹤……各式各樣的謠言就這樣傳到了小鎮的雜貨店裡。阿清發現妻子聽到時，臉色總是一陣青一陣白、神情閃爍。

有天夜裡，阿清口渴醒來，發現阿

來不見蹤影。他走進廚房，竟正好瞥見穿著一身漆黑的阿來，拔出她鍾愛的黑貓咪咪的雙眼，放入竹筒；接著，又窸窸窣窣的取出她那黑白分明的大眼睛，放入一只碗中，再從竹筒裡撈出咪咪的雙眼嵌上。然後，她出門便一躍飛上天空，倏地消失在夜色裡。阿清嚇得跌坐在地上，不知如何是好？等到他冷靜下來，雙手仍舊抖個不停，是阿來嗎？鎮上那些奇怪的事情都是阿來做的嗎？

為了不打草驚蛇，阿清回到床上假寐。四更一過，阿來無聲無息的回到了他身旁。白天裡，阿來一如往常，忙著看店做生意。

接下來，阿清每夜都警醒著。幾天之後的一個夜裡，阿來再次換上黑貓的眼睛出門，阿清抓了一大把鹽撒入她放眼睛的碗裡，然後躲在一旁。四更天一過，阿來回來，熟練的

換下貓眼，嵌回自己的眼睛，她立刻痛苦的摀著雙眼哀嚎，她的眼睛被鹽浸壞，再也無法看見。

從此，阿來只能抱著跟她一樣瞎眼的咪咪，安靜的看店、招呼客人，夜晚再也沒有人聽過番婆鬼作怪的傳聞。

難忘心情

這個故事其實沒有鬼，只有巫婆。

「番婆鬼」又稱番埔鬼，是埔里盆地守城地帶噶哈巫族的傳說。相對於閩、客族群，各原住民族群早年都被稱為「番」。這個名詞今日看來，當然有歧視意味，但考慮到故事流傳已久，「番婆鬼」的稱呼如同專有名詞，具有專屬性與特殊地域性，因此保留而不更改。

如果我是噶哈巫族人，會希望有一個屬於族群的傳說被留下來，何況是這麼有想像力的傳說。

說故事的人

陶樂蒂，法律學碩士，喜歡畫圖而投入創作，加入成為「圖畫書俱樂部」一員，開始繪本創作生涯。曾獲陳國政兒童文學獎圖畫書類首獎，及信誼幼兒文學獎佳作獎。

創作風格明亮、溫柔，喜歡使用大塊面繽紛的色彩。作品有《我要勇敢》、《誕生樹》、《媽媽打勾勾》、《花狗》、《我沒有哭》、《睡覺囉》、《給我咬一口》、《給你咬一口》等。

誰能讓公主笑

故事採集·改寫／童　嘉

故事來源／格林童話

從前，有一個很窮的年輕樵夫，永遠只帶著一塊烤餅和一點酸啤酒到林子裡去砍柴。

一天，樵夫砍柴時，遇見了一個小老頭子。這個小老頭子說：「我已經好幾天沒吃東西。」好心的樵夫拿出自己的烤餅和酸啤酒請他一起吃。神奇的是，餅和酒似乎一直吃不完，兩人分著吃，竟然吃到好飽哇！

老頭子開心的拍拍肚子說：「謝謝你的好心，你去砍那邊第六棵樹，會得到回報。」樵夫半信半疑的舉起斧頭往第六棵樹砍下去，沒想到樹幹裡竟躲著一隻金鵝！一回頭，那個小老頭子已經不知去向。

樵夫不想把金鵝據為己有，決定帶進城裡獻給國王。

樵夫走著走著，眼看天快黑了，雖然找到一家客棧，身上卻沒有錢，只好央求主人讓他在穀倉暫住一晚。主人本來不願意，但一看到他手上抱著一隻金光閃閃的鵝，就答應了。

到了晚上，客棧主人叫大女兒潛入穀倉，去偷拔金鵝的羽毛。沒想到，大女兒手才剛剛碰到金鵝的羽毛，就被黏住了；小女兒看姐姐去了那麼久沒回來，也偷偷

的溜進穀倉，手才剛拉到姐姐的袖子，也被黏住了。

第二天一大早，樵夫起床便抱起金鵝繼續趕路，完全沒注意到後面黏了姐妹兩人。離開客棧時，客棧的主人急忙奔過來想拉住女兒，也被黏住了。

樵夫走過教堂，神父生氣

的說：「兩個女生黏著男生像什麼話呢？」伸手拉了客棧主人，又迅速被黏上。就這樣，一路上，越來越多人，只要把手伸過去的就被黏住了。

這時候，城裡的皇宮也發生了一件事。原來，國王和皇后有一位美麗的女兒，卻總是不開心，整天愁眉苦臉，明明錦衣玉食卻鬱鬱寡歡，國王和皇后為從來不笑的公主感到煩惱。國王聽從了大臣的建議，頒布了一道命令：「只要有人能逗公主一笑，就把公主許配給他。」

各國的王公貴族、平民，聽到了消息紛紛前來嘗試，說盡笑話，表演各式雜耍，偏偏公主就是不為所動。

這天，公主又望著窗外嘆氣，卻突然看到街道上出現了越來越大的騷動，遠遠的，她看見一個年輕樵夫，手上抱著金光閃閃的金鵝，自顧自的往前走，奇怪的是，鵝屁股後面卻連著一對姐妹、爸爸、神父、小孩、胖子……甚至連小狗、小貓，全都東倒西歪的被拖著往前走，這一隊人馬狼狽不堪，街上圍觀的人也越來越多，公主忍不住笑了出來。

樵夫來到了國王跟前，說出了金鵝的由來。國王賞識年輕人的誠實與不貪心，加上他又讓公主笑了出來，決定把公主許配給他，從此他們就快樂的在宮中生活。

難忘心情

這是小學時，在學校的圖書館裡讀到的童話故事。其實——要把女兒（公主）嫁給能讓她笑的人——這類的故事不少，小時候的我總是納悶，不笑有那麼嚴重嗎？為何父親們總是「飢不擇食」的說，只要能讓她笑就許配給你吧！這種只要有笑就好的心情……實在讓很愛笑的我感到困惑。在經歷了人間數十年人事物後，我才漸漸理解，不開心的氣氛其實會影響到身邊的人，每天臭著一張臉的小孩有多麼令人心煩。

能笑，真是一件很重要的事啊！

說故事的人

童嘉，臺大社會系畢業，曾任報社專欄組記者，專職民意調查執行與撰稿，其後為陪伴小孩成長成為全職家庭主婦至今。

因為偶然的機會開始畫繪本，已出版《想要不一樣》、《我家有個烏龜園》、《不老才奇怪》、《千萬不要告訴別人！》、《小小姐姐慢吞吞》、《一定要選一個》等三十多本繪本、橋梁書與圖文創作；每天過著非常忙碌的生活，並且利用所有的空檔從事創作。

鮑魚罐頭風波

故事採集·改寫／陳景聰
故事來源／口傳故事

一年一度的大拜拜到了，老伯照例辦了四桌酒席宴請親友。

老伯的姪兒提著禮物姍姍來遲：「伯父，這些墨西哥鮑魚請您吃。」

「哇！墨西哥鮑魚一罐要兩千元呢！快分一分，大家嘗嘗。」賓客們眼睛都發亮了。

老伯節儉慣了，他聽說鮑魚罐頭那麼昂貴，捨不得分給大家吃，便溜進房間，將罐頭藏在床底下。這一藏，竟給忘了。

隔年大拜拜，姪兒又來給老伯請客，一照面就問：「伯父，我去年送您的鮑魚罐頭好吃嗎？」

「鮑魚罐頭？」老伯驚呼：「啊！我忘了！還藏在床底下。」

「放太久會壞掉，快拿來分給大家吃吧！」姪兒催促。

老伯聽說會壞掉，趕緊去把藏在床底下的鮑魚罐頭找出來。

賓客們看見罐頭表面嚴重生鏽，標籤紙都被蟑螂咬得破破爛爛，忍不住感嘆：「唉！這麼貴的鮑魚罐頭放到壞掉，真可惜呀！」

老伯更是心疼不已，難過得直流眼淚。姪兒看了不忍心，就安慰他：「開一罐來瞧瞧，說不定還沒壞掉。」

罐頭一打開，濃濃的鮑魚香味立刻散溢開來。

「沒壞呢！快分給大家吃。」老伯破涕為笑。

「等等！雖然鮑魚聞起來沒壞，但是放那麼久，吃了說不定會食物中毒呢！」有賓客說。

「對呀！毒素是聞不出來的。」其他人呼應。

「那怎麼辦？難道要把這麼貴的鮑魚罐頭丟掉？」老伯眼眶又紅了。

「有了！」姪兒指著桌下的大黃狗說：「先開一罐給狗吃，狗吃了如果沒事，人吃了應該也不會有事。」

「好辦法！」大家都贊同。

老伯將打開的鮑魚罐頭倒入碗公餵狗。狗聞到香味，兩口就吃光光。

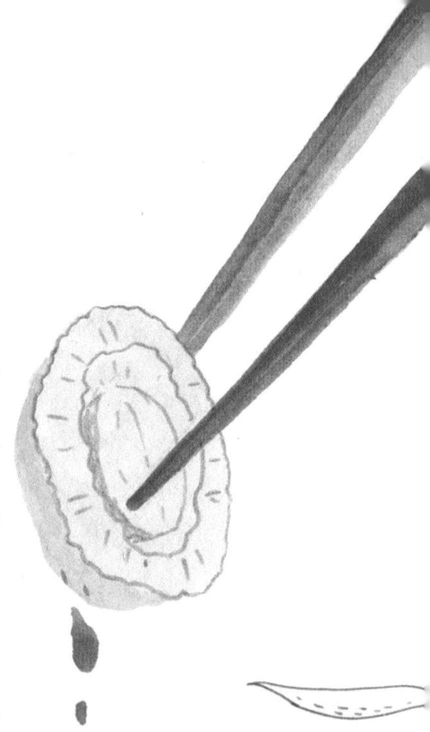

「大家看！狗吃了一整罐都沒事，證明鮑魚沒問題，可以吃了。」老伯說。

「別急！」有賓客提議：「食物中毒起碼要過半個鐘頭才會發作，還是等一等再吃比較保險。」

這下老伯再也沒心情招呼賓客

了，他跟在大黃狗屁股後頭繞來繞去，邊看著時鐘，好不容易捱過三十分鐘，才開心的宣布：「大家看！狗還活跳跳，表示鮑魚罐頭沒問題，大家可以放心的吃了。」於是將罐頭分下去，大家都吃得津津有味。

當賓客們吃喝得正高興時，老伯的孫女突然驚慌的從外頭衝進來，大聲嚷著：「阿公！阿公！不好了！我們家的

狗死了！」

賓客們大驚失色，全像屁股裝了彈簧一樣蹦起來，一陣風似的奪門而出，衝往醫院，留下一臉錯愕的小女孩。

老伯跟著賓客去醫院洗胃、灌腸，折騰到半夜，渾身乏力的回到家，沒看到死去的大黃狗，忍不住把熟睡的孫女搖醒，問她：「阿娟，你說我們家的狗死了，屍體在哪兒呢？」

「喔！牠跑到馬路上，被大卡車壓死了。」

聽完孫女的話，老伯才知道誤會大了。

唉！害大家白白受罪。這該怪誰才好呢？

難忘心情

在物質匱乏的童年時代，大拜拜是我們大吃大喝的好日子。

有一年，一位親友來家裡吃拜拜，當場說了這一則奇聞。我聽完不禁哈哈大笑，從此再也忘不了。長大後，我當了老師，經常說這個故事給學生聽，提醒他們說話或作文要表達清楚，以免造成誤會，那就糗大啦！

說故事的人

陳景聰，臺東大學兒童文學研究所畢業，國小教師退休。從小就喜歡聽老師講故事，後來當了老師，開始蒐集故事、說故事、寫故事，發願當一個笑臉看兒童的人。

作品曾獲臺灣省兒童文學獎、文建會兒童文學創作獎、文建會臺灣兒歌一百優選、冰心兒童文學新作獎、九歌年度童話獎等獎項。著有《張開想像的翅膀》、《小天使學壞記》、《神奇的噴火龍》等三十餘冊。

天下第一棋

故事採集・改寫／陳木城

故事來源／民間故事

左宗棠是清朝晚期的四大名臣之一，集政治家、改革家和軍事家於一身，曾經平定回亂，收復新疆，被譽為征西大將軍的民族英雄。

左宗棠從小就有神童的稱號，他很喜歡下圍棋，身邊的人都不是他的對手。在率兵出征新疆前，他正為籌備軍糧操煩，決定出門散心。

在路上，他看見一間草房，門前掛著「天下第一棋」的旗子。左宗棠就上門踢館，看看是何方神聖。

草房裡的老人家，知道客人的來意，也不客套，擺出棋盤說：「請！」兩人就對弈起來。

第一局，左宗棠擺出陣勢，衝鋒陷陣，長驅直入，銳不可擋；卻屢中敵計，失疆丟土。他只好改變策略，重新布局，緩進急攻，終於扳回劣勢，險勝第一局。

第二局，老人家聲東擊西，左宗棠陣腳大亂；只好順勢而為，誘敵深入，斷其東路，反轉包圍西路，贏得也不容易。

第三局，老人家故布疑陣，虛實難測。左宗棠迷離恍惚，失地連連；終於摸得底細，方能得寸進尺，贏得步步驚心。

兩人棋逢對手，戰完三局已經天黑地暗。左宗棠雖然贏棋，卻也知道天外有天，不敢大意。這時候，老人家起身拱手，說：「老夫甘

拜下風，認輸了。」

等到左宗棠率兵平復新疆，凱旋歸來，他微服出巡來到舊地，發現屋前仍然高掛那面「天下第一棋」的旗子，便上前問個道理。老人家只說：「貴客如果不服，可以再戰。」

左宗棠剛剛戰勝回來，正是意氣風發，自然不服，便與老人家再戰三局。

出乎意料的是，這一次左宗棠不但三戰三敗，而且都輸得很慘。左宗棠不解的問：「為什麼這麼短的時間，您棋藝有如此進步？」

老人家笑答：「大將軍，失禮了！您雖然微服出遊，但我還是認出您是左大將軍。前一次，知道將軍有大任在身，保國為重，深恐挫公銳氣，所以故意讓棋。這一次，將軍凱旋歸來，怕將軍氣盛心

驕，犯了為官之忌，惹禍上身，所以我就不客氣了！」

左宗棠聽了，知道這位長者是真正高人，心悅誠服，連忙拱手作揖：「慚愧慚愧！老夫有眼不識泰山！長老真是天降名師呀！」他很慚愧自己的魯莽，更感佩長者的用心。

世間真正的高手，是能勝，而不一定要勝；能贏，而可以不贏。膽怯和驕傲，都是不好的心態，這位有智慧的長者，知道一個人的心態對言行影響很大，因此，先是讓對方得勝，鼓舞他的士氣，但又適時挫一挫他的銳氣，以免助長他的驕傲哪！

難忘心情

這是小時候在墓地放羊，一位村裡大哥哥說的故事。那一天，他說了許多故事，兩人一時忘了時間，直到過了中午，才趕著牛羊回家。那麼多的故事裡，這個故事令我印象最深。長大後，知道這個故事與左宗棠征西的歷史有關，引發了我對歷史的興趣和研讀。一個故事裡，有歷史，有人物；有將軍朝官，有野叟高人；有兩人對弈，有萬里長征；有布局攻守，有生死輸贏；有胸懷謙讓，有進退修為；處處是玄機智慧。這個豐富多元的故事，方方面面都讓我不停的反覆咀嚼。

說故事的人

陳木城，兒童文學作家，歷任小學教師、主任、督學、校長，退休後從事生態、科技工作，曾任生態農場總經理、教育科技公司執行長。喜歡讀書寫作，創建新的事物，除了演講寫作，也擔任全球華文國際學校推動籌設等工作。

英雄還是狗熊

故事採集・改寫／廖炳焜

故事來源／法國《蒙田隨筆》

康拉德三世是西元十二世紀以強悍著名的國王，有一次他率領部隊重重包圍了他的仇敵巴伐利亞公爵。巴伐利亞公爵坐困愁城，一籌莫展，最後，只好派出使者到康拉德的營帳，呈上一封親筆信。

巴伐利亞公爵在信中卑微的向康拉德賠罪，並提出各種優厚的條件，求康拉德放他一條生路。但是，康拉德對巴伐利亞公爵提出的誘人條件不屑一顧，決心置他於死地。

「回去！等我大軍破城而入吧！」康拉德三世對使者下了逐客令。

然而，十二世紀的歐洲社會，非常讚揚「勝利者的風度」。康拉德騎著駿馬，風姿瀟灑的立在圍城之外，他自信這場戰爭穩操勝券。身為一個勝利者，康拉德不想錯失這一次被世人歌頌的機會，於是，他對圍城裡的敵軍宣告了一道命令：

允許被圍困在城裡的婦女徒步出城，將能夠帶走的都帶走，不准任何人傷害她們。

命令公布後，康拉德三世準備接受各方讚譽他為有風度的勝利者。第二天，一群婦女井然有序的步出城門，康拉德看到所有的婦女胸前抱著、腋下夾著，不是任何家當，而是她們的孩子；而丈夫就

扛在她們的肩上。

旌旗颯颯在風中翻飛，康拉德雄赳赳的兀立在高崗上，他俯瞰這一列老弱婦孺和殘兵敗將，陶醉在「勝利者的風度」的榮耀裡。可就在隊伍將走完時，他的仇敵巴伐利亞公爵也在他妻子的肩膀上，慢慢的走出城來。

康拉德呆住了！他眼中冒出火焰。

康拉德的士兵看到這畫面，有的瞠目結舌；有的破口大罵；有的已經忍不住拉開弓，瞄準箭，就等主子一聲令下，讓巴伐利亞公爵萬箭穿心而亡。士兵們不知康拉德心裡有兩個小人兒正激烈爭吵：

「殺了他！」

「放了他！」

「殺了他！」

「放了他！」

所有的目光聚焦在康拉德高高舉起的手，弓箭手露出微笑，弦已繃緊，這場戰爭即將在「倏——」的一聲中結束。

康拉德眼中的火焰熄了，他把手輕輕放下，說：「放了他！」

「啊——」部隊裡湧起驚訝與嘆息。

康拉德的士兵眼睜睜，目睹巴伐利亞公爵夫婦蹣跚而去。

誰知道世局和棋局一樣，變化難測。後來，康拉德又被捲土重來的巴伐利亞公爵打敗了，而那場「圍城」戰役，也成了後代茶餘飯後喜歡討論的歷史事件。

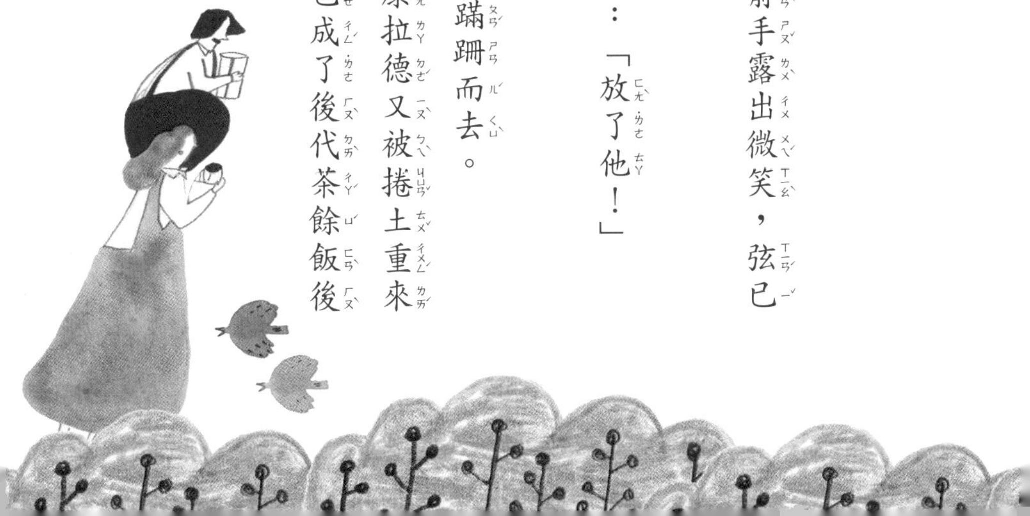

難忘心情

〈英雄與狗熊〉，是我的國中公民老師跟我們說的故事，老師要我們說說看，故事中誰是英雄？誰是狗熊？有同學說巴伐利亞公爵是英雄，因為他能屈能伸；但也有同學說那是貪生怕死。有人說康拉德三世才是英雄，因為他信守承諾；但也有同學說他是沽名釣譽。

這故事讓我很震撼，原來世間沒有絕對的好人和壞人，就看你從什麼角度看他。

說故事的人

廖炳焜，臺東大學兒童文學研究所畢業。得過一些兒童文學創作獎，自認不是作家，只是一個「愛說故事的人」。出版有《聖劍阿飛與我》、《大野狼與小飛俠》、《我們一班都是鬼》、《我的阿嬤16歲》、《老鷹與我》、《板凳奇兵》、《來自古井的小神童》、《火燒厝》等書。曾獲得好書大家讀好書推薦、金鼎獎入圍。

平日熱愛單車運動，常吹牛：「沒有上不了的坡，沒有過不了的河。」目前除了寫作，也常和老師、家長們分享親子共讀以及閱讀寫作的經驗。

烏盆記

故事採集・改寫／施養慧
故事來源／《三俠五義》

北宋年間，有個急公好義的老人叫張三，有一天他到趙大家收帳，趙大還了欠款，還給了張三一個黑色的盆子。

張三獨自走在回家的路上，天色漸暗，一陣冷風吹來，張三打了個寒顫，失手摔了烏盆。

「唉喲！」有聲音叫。

張三拾起烏盆就走，「老丈，等等我呀！」那個聲音再度響起。

張三眼見四下無人，心裡直發毛，氣喘吁吁的回到家，一進門，便拴緊了門。

「老丈，我死得好慘啊！」那個聲音又說。

「見鬼了！」張三想：「我從不做虧心事，怕什麼！」便壯起膽子說：「你說吧！我正聽著呢！」

「我是蘇州人劉世昌，開了間綢緞莊，前幾天出門做買賣，借住趙大家，趙大夫妻竟然謀財害命，又把我的血肉和在烏泥中，燒成了烏盆。求您幫我申冤，來生我必定報答您的恩情。」

「可惡！竟然有這種事？好！我幫你。不過，你得跟我到開封府跑一趟。」

隔天一早，張三便帶著烏盆到開封府擊鼓鳴冤。

「來者何人？」

「老朽張三，參見包大人。」

「張三，你所為何來？」

張三舉著烏盆，說明它的來歷。

「本府暫且相信，待我問來！」包拯喝道：「烏盆啊！烏盆！」

連喊兩次，烏盆都默不作聲。

「張三，」包拯說：「本府念你年事已高，不處罰你，你走吧！」

張三出了開封府，烏盆就叫：「老丈！」張三問：「剛

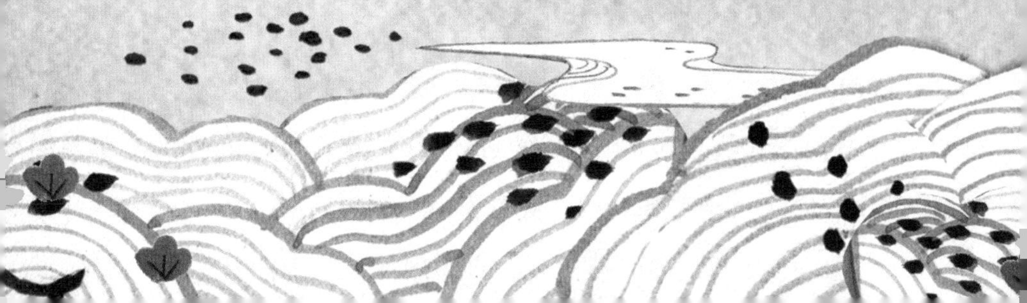

才包大人喚你，你怎麼不作聲？」烏盆答：「我被門神擋住了。」

張三又帶著烏盆進了開封府，包拯聽了理由後，便燒了個字條給門神，再次唱名：「烏盆啊！烏盆！」

烏盆依然不應聲。

「啪！」包拯將驚堂木一拍：「大膽張三，三番兩次戲弄本官，來人啊！拖出去打十大板！」

張三一拐一拐的走出開封府，烏盆

又說：「真對不住您。」張三問：「烏盆啊！你這次又為什麼不說話？」

烏盆答：「我沒衣服穿，不敢面對包大人。求求您，再跑一趟吧！」

張三拿塊布蓋在烏盆上，又進了開封府。

「張三，你不怕打嗎？」包拯問。

「小人不是打不怕，是烏盆說他沒穿衣服不敢見您。」

「穿好了？」包拯又問：「烏盆啊！烏盆！」

「在！」烏盆終於說話了！

最後，烏盆果然在包大人的明察秋毫下，沉冤得雪。

難忘心情

〈烏盆記〉是《三俠五義》的名篇，經常以戲劇方式呈現，其中又以平劇演出最令人印象深刻。小時候看到飾演烏盆的演員，留長髮、蓄黑鬍，穿黑衣，甩著白色的水袖，就令人膽寒；再聽到包大人中氣十足的喝道：「烏盆啊！烏盆！」真是讓人嚇破膽。

烏盆遭人陷害，只有辦案如神的包大人才能為他洗刷冤屈，偏偏他就是進不了開封府，就像孫悟空借個芭蕉扇，也要一波三折，真是急煞我也！

好故事就是令人難忘的故事，儘管我已經成年了，提起〈烏盆記〉，還是忍不住要說：「烏盆啊！烏盆！你真是嚇死我啦！」

說故事的人

施養慧，臺東大學兒童文學研究所畢業。致力於童話創作，因為童話是最浪漫的一種文類，不僅讓凡人上山下海，也讓人間成了有情世界。曾獲臺東大學兒童文學獎，已出版《傑克，這真是太神奇了》、《好骨怪成妖記》、《338號養寵物》、《小青》等書。

她覺得，兒童是國家的希望，也是最純真的人類，可以為他們寫作，是莫大的幸福與榮耀，希望一輩子寫下去。

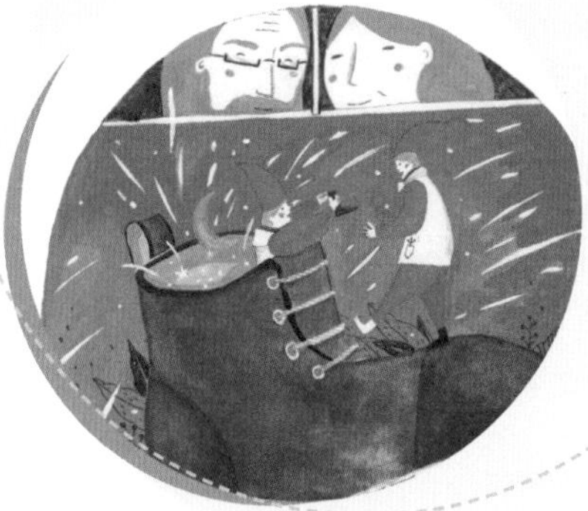

老鞋匠和小精靈

故事採集．改寫／劉思源
故事來源／格林童話

「啊！只剩最後一張皮革了。」老鞋匠打量著，這張皮革做一雙鞋子剛剛好。

老鞋匠做了一輩子鞋匠，從來不偷工減料，可是他的店很小，又位在偏僻的角落，鞋子很難賣出去，所以越來越窮，連做鞋子的材料也買不起。

老鞋匠沒有抱怨，依舊按著鞋樣，把皮革一片片裁好就去睡了，打算第二天一早繼續工作。

天亮了，老鞋匠來到店鋪準備工作，沒想到鞋已經做好了，擺在工作檯上。

「這是怎麼回事啊？」老鞋匠驚訝的捧著鞋子，只見一針一線都很整齊，是雙漂亮又牢固的皮鞋。

這時一位顧客走進來，一眼就看上這雙鞋。

「這雙鞋合腳又舒適。」他試穿後十分滿意，付給老鞋匠比平常高很多的價錢，足夠老鞋匠再買兩雙鞋子的皮革。

老鞋匠把皮革買回來，像前一晚一樣，把皮革裁好放在工作檯上。沒想到，第二天他走進店裡，工作檯上又擺著兩雙新鞋。

「天哪！到底是誰做的？」老鞋匠不敢相信自己的眼睛。這時幾個顧客走進來把鞋子買走，賺的錢足夠買做四雙鞋子的皮革。

從此，老鞋匠只要前一晚裁好皮革，第二天就會得到嶄新的鞋子。就這樣一雙變兩雙，兩雙變四雙……老鞋匠賣出的鞋子愈來愈多，漸漸富有起來。

耶誕節快到了，老鞋匠和妻子商量：「我們今晚不要睡覺，偷偷看一下究竟是誰在幫助我們？」

這真是個好主意。當晚老鞋匠夫婦留下一盞燈，躲在角落的布簾後面。

半夜，兩個光著身子的小精靈跑進來，迅速的跳上椅子，拿起檯子上裁好的皮革開始工作。他們用小小的手指，輕巧的把皮革一片片縫好，再釘上鞋底和鞋跟。

「多熟練的小工匠啊！」老鞋匠目不轉睛的盯著兩個小精靈，沒多久，所有的鞋子都做好了。小精靈收拾好，一眨眼跑走了。

「真可憐，這兩個小精靈光著身子跑來跑去，一定冷得要命。」老夫妻倆決心幫他們做些衣物保暖。鞋匠的妻子為小精靈各做了一件小襯衫、小背心、小褲子和一雙小襪子，老鞋匠則負責做鞋子。夫妻倆一直忙到傍晚，終於把禮物做好了，放在工作檯上，然後悄悄的躲起來。

半夜裡，小精靈又來了，他們發現檯子上擺的不是皮革，而是漂亮的新衣新鞋。

他們倆眼睛發亮，迫不及待的穿上去，「看我！看我！我們是最英俊、最體面的小伙子。」

兩個小精靈又神氣又開心，蹦蹦跳跳唱著歌，最後跑出大門，不知跑到哪兒去玩了。

難忘心情

小時候，我特別喜歡小精靈、小仙子、小矮人的故事。想想看，一個個縮小版、活生生的小人兒穿梭在身邊，不時的跳進咖啡杯洗個澡、鑽進靴子裡蓋房子……我們只要仔細瞧，說不定就能找到一些蛛絲螞跡，多奇妙！其中，我最念念不忘的就是這篇格林童話，故事中的小精靈和老鞋匠並不認識，但是一點憐憫，一點關懷，讓兩個世界都不再冷颼颼。

說故事的人

劉思源，職業是編輯，興趣是閱讀，最鍾愛寫故事，一個終日與文字為伴的人。目前重心轉為創作，走進童書作家的行列中。

出版作品近五十本，包含《短耳兔》、《愛因斯坦》、《阿基米得》、《狐說八道》系列等。其中多本作品曾獲文建會臺灣兒童文學一百推薦、好書大家讀年度最佳少年兒童讀物獎，並授權中、日、韓、美、法、土、俄等國出版。

寬以待人的劉寬

故事採集・改寫／岑澎維

故事來源／《後漢書．劉寬傳》

劉寬是東漢時期人，東漢桓帝時，擔任過司徒長史、東海國相、尚書令、南陽太守等職務，靈帝時也一直擔任高官。

他位高權重，待人仁慈寬厚，有功便想到把獎賞留給部屬，有過便自己負起責任，不會怪罪別人。在鄉里之間，常與父老談論農事，勉勵年輕人要孝順父母、友愛兄弟。百姓受到他的教導感化，都能從善如流。

有一天，劉寬乘著牛車外出，路上有一個人攔住了他，說拉車的那頭牛是他的。

劉寬沒有生氣，也沒有辯解，便下車讓那個人把牛帶走，自己走路回家。回到家沒多久，那個人又牽著牛，急急忙忙的來找劉寬，原來他認錯了牛。他跪在地上叩頭，請劉寬處罰他。

「我很慚愧，沒有臉見長者。我遺失的牛找到了，這頭牛是您的，現在還給您。我太過魯莽了，願意接受您的懲罰。」

劉寬聽了，笑著說：「相類似的東西太多了，難免會有認錯的時候，您不必記掛在心上。還勞煩您把牛送回來，我怎麼能責備您呢？」

鄉里的人知道這件事，都對劉寬的不計較讚美不已。

劉寬性情溫和，沒有發過脾氣，即使在匆忙緊急的關頭，也從不用嚴厲的臉色、強烈急迫的話語對待人。

他的妻子也很好奇，很想知道劉寬是不是真的有肚量、不發脾氣。一天早晨，劉寬衣冠束帶穿戴整齊，正要出門參加朝會時，妻子讓侍女端著一碗肉羹，到劉寬面前故意翻倒，看看他會怎麼反應。

這時，劉寬身上的朝服，被肉羹一潑灑就髒了，必須重新換過。眼看朝會時間要到了，在這緊要時刻，劉寬不但沒有責備侍女，還著急的問：「你的手有沒有被燙傷？」

劉寬就是這樣處處為人著想的人，《後漢書》形容他「溫和、仁慈、寬恕，即使在匆忙的時候，也從不發怒」。

正因為他有這樣的風範，當時的人都尊稱他為「長者」，代表他是一位很有品德的人。

難忘心情

這是小學時，生活與倫理課本裡的故事。我讀完後，心裡好慚愧，因為我不是一個好姐姐，我常常欺負弟弟。我決定向劉寬學習，要當一個不發脾氣的姐姐……可惜，面對頑皮的弟弟，我還是常發脾氣。

長大以後，我們姐弟不再吵架，而且感情很好，無話不說。回想童年種種，我們姐弟情感怎麼會好得起來？原因很簡單，因為我有一個像劉寬一樣，不計較、有肚量的弟弟。

說故事的人

岑澎維，臺東大學兒童文學研究所畢業，現為國小教師。出版有《找不到國小》系列、《原典小學堂》系列、《成語小劇場》系列、《溼巴答王國》系列、《小書蟲生活週記》、《八卦森林》等三十餘本。

喜歡看故事、想故事、寫故事，雖然是個路痴，但還是很喜歡旅遊。

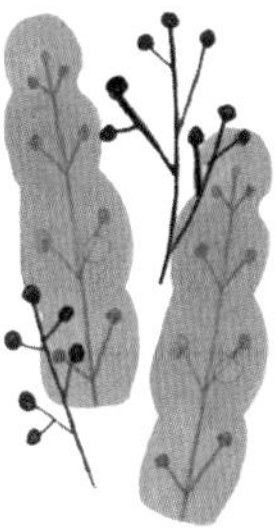

山裡的小和尚

故事採集·改寫／陳素宜
故事來源／口傳故事

一個老和尚帶著幾個小和尚，住在深山的古廟裡。每天早上太陽剛出來，小和尚們就起床打掃環境，擦擦桌子掃掃地，虔誠禮佛之後，再吃早餐。吃過早餐，總有個小和尚會說：「師父，講個故事給我們聽，好嗎？」

老和尚搖搖頭：「要先做早課呀！」

大家認真聽講經文，也乖乖的敲著木魚念了經。然後，有個小和尚問了：「師父，講個故事給我們聽，好嗎？」

老和尚搖搖頭：「要先吃中飯呀！」

吃了中飯，老和尚說要上山撿柴火；撿了柴火，老和尚說要下山去挑水，小和尚們一直沒有時間聽師父講故事。終於等到吃過晚飯洗了澡，有個小和尚問了：「師父，講個故事給我們聽，好嗎？」

老和尚搖搖頭，正要說話，小和尚們一起說了：「師父，講個故事給我們聽嘛！」

老和尚終於點頭了，條件是聽完故事要乖乖睡覺。小和尚們興高采烈的等著師父說故事，老和尚微微一笑，開始說故事：「一個老和尚帶著幾個小和尚，住在深山的古廟裡。每天早上太陽剛出來，小和尚們就起床打掃環境，擦擦桌子掃掃地，虔誠禮佛後，再吃早餐。吃

過早餐，總有個小和尚會說：『師父，講個故事給我們聽，好嗎？』

老和尚搖搖頭：『要先做早課呀！』

大家認真聽講經文，也乖乖的敲著木魚念了經。然後，有個小和尚問了：『師父，講個故事給我們聽，好嗎？』

老和尚搖搖頭：『要先吃中飯呀！』

吃了中飯，老和尚說要上山撿柴火；撿了柴火，老和尚說要下山去挑水，小和尚們一直沒有時間聽師父講故事。終於等到吃過晚飯洗了澡，有個小和尚問了：『師父，講

個故事給我們聽，好嗎？』

老和尚搖搖頭，正要說話，小和尚們一起說了：『師父，講個故事給我們聽嘛！』

老和尚終於點頭了，條件是聽完故事要乖乖睡覺。小和尚們興高采烈的等著師父說故事，老和尚微微一笑，開始說故事：『一個老和尚帶著幾個小和尚，住在深山的古廟裡。每天早上太陽剛出來，小和尚們就起床打掃環境，擦擦桌子掃掃地，虔誠禮佛後，再吃早餐。吃過早餐，總有個小和尚會說：『師父，講個故事給我們聽，好嗎？』……」

老和尚講到這裡，發現小和尚們都睡著了，嘴角的笑意更濃了。他說：「哎呀呀，我的故事還沒說完呢！」

難忘心情

這是在國小當老師的叔叔說給我聽的故事，剛開始所有的孩子安安靜靜的聽著，漸漸的，有人跟著叔叔說出故事的下一步，漸漸的，有人不耐煩的抱怨怎麼都一樣，漸漸的，聽故事的人的聲音，比說故事的人的聲音還要大了。最後叔叔問大家：「還要聽嗎？」大家一致搖頭。我也是搖頭的那一個，不過，我不像大家那樣覺得上當了，反而覺得這個循環不已的故事，別有一番巧妙與趣味！

說故事的人

陳素宜，臺灣新竹人，臺東大學兒童文學研究所畢業。一九八七年第一篇童話〈純純的新裝〉在《國語日報》發表後，開始努力從事兒童文學創作。作品涵蓋少年小說、童話和兒童散文等文類。作品得到九歌現代兒童文學獎、國語日報牧笛獎、陳國政兒童文學獎及好書大家讀年度好書獎、金鼎獎等多項兒童文學獎項的肯定。

已有童話、小說和散文等五十餘冊兒童文學作品出版。

丁兆蘭與歐陽春

故事採集・改寫／劉旭恭

故事來源／《七俠五義》

這天，號稱雙俠之一的丁兆蘭和北俠歐陽春正在酒館裡喝酒。

丁兆蘭說：「這惡霸馬剛太可惡了！在地方作威作福，欺負百姓，應該要除去才對！」

歐陽春說：「賢弟，我們喝酒就好，不用多管閒事，而且這裡人多，小心被別人聽到。」

丁兆蘭聽了心想：「哼！虧你還號稱『北俠』，竟如此膽小怕事！」

他們喝完酒，來到一間小廟借宿。

丁兆蘭想，或許剛剛酒館裡耳目眾多，歐陽春不想多講，於是又再提一次。沒想到歐陽春竟說：「馬剛勢力龐大，若想除掉他，最好從長計議。」

丁兆蘭認為這分明就是歐陽春心中膽怯，隨便找藉口！因此瞧不起他。

他們吃了廟裡的素菜飯，歐陽春大聲打哈欠，看起來很邋遢的樣子，完全沒有大俠的風範。

丁兆蘭心中暗下決定：晚上等你睡著後，我偷了你的刀，除去馬剛，到時候再回來取笑你。

當天晚上，歐陽春睡著後，丁兆蘭偷偷拿走他的刀子，歐陽春一點反應也沒有，反而打呼更大聲了。

丁兆蘭飛奔而行，很快來到馬剛居住的太歲莊，他展開輕功，在高高低低的屋頂上悄聲行走。

突然間，他感覺腳下踩的瓦片鬆動了，糟了！若是瓦片掉下去發出聲響，自己一定會被發現。

於是他小心的轉動腳尖，好不容易才將瓦片穩住，然後縱身一躍，輕輕的攀住了對面的屋頂。

丁兆蘭雙手攀著屋簷，小心的前進。前面房間裡傳出笑聲，他翻身倒掛，雙手扶著柱子，慢慢的溜下來，撥開窗簾望進

去，正是馬剛在飲酒作樂。

丁兆蘭正想拿刀殺進去，他伸手一摸，腰間卻只剩刀鞘，刀子卻早已不見！奇怪，刀子到哪裡去了呢？

他猜想或許剛剛飛身攀簷時，刀子不小心掉進草叢裡了，現在他手無寸鐵，只好躲在大石頭後面，等待時機。

這時，突然屋子裡傳來尖叫聲，很多人衝出來，有人大喊：「不好了！妖怪將馬大爺的頭取走了！」

他覺得很奇怪，想來有人助他一臂之力殺了馬剛。

丁兆蘭趁混亂之際飛身上牆，幾個起落，跳下外牆；突然有個大漢奔過來，嗖的就是一棍，他急忙閃身躲過。但是這人連攻數棍，他非常勉強才能躲過。

正當危急時，只見牆上有人丟擲一物將大漢打倒，丁兆蘭飛奔過去壓住大漢。

月光下，牆上那人飛身躍下，手中刀子看起來很熟悉，正是北俠歐陽春！

原來他一直默默跟在丁兆蘭身後，除了取回自己的刀子，戴上面具假扮成妖怪除去馬剛，最後還出手相救，只是丁兆蘭卻完全沒發覺。

直到此時，他對北俠才真是又服氣又敬佩。

難忘心情

小時候我有許多融合歷史與武俠的故事書，如《七俠五義》（改編自清代小說《三俠五義》）、《鏡花緣》和《隋唐演義》等，這些故事人物眾多，劇情精采，很吸引我，可惜內容早已忘光了，〈丁兆蘭與歐陽春〉就是我重讀了《七俠五義》後再改寫的，還是一樣好看！

說故事的人

劉旭恭，從小讀故事書長大，喜歡看電影、游泳和無所事事，目前從事畫畫和寫故事的工作。出版作品有《好想吃榴槤》、《請問一下，踩得到底？》、《五百羅漢交通平安》、《橘色的馬》、《只有一個學生的學校》等。

天狗的蓑衣

故事採集・改寫／王宇清

故事來源／日本民間故事

阿金是個淘氣的孩子，總有用不完的鬼點子。

有一天，他拿著稻稈當望遠鏡，假裝自己是千里眼。

「你拿稻稈做什麼？」

阿金回頭一看，不得了，竟然是天狗！那可是可怕的妖怪呀！

「呵！這可不是普通稻稈，有了它，我可以看到遠在千里之外的京城發生的事。」阿金故作鎮靜的說。

「有這種寶貝？快借我看看！」好奇心被激起的天狗，不斷要求。

「不成不成！這可是我的寶貝，怎麼可以隨便借你。」阿金故意裝得神祕兮兮。

天狗一連提出以幾樣寶物做為交換的條件，阿金都不願意。直到天狗拿出自己最寶貴的寶物——「隱身蓑衣」，阿金才勉為其難的答應。

天狗興奮的拿起稻稈，卻怎麼也看不清遠方的東西，才發現自己上當了。

「可惡！竟然騙我，我把你吃了！」

可是，阿金早已不見蹤影。

原來阿金一拿到蓑衣，立刻穿上，真的馬上隱身了。他站在一旁偷笑，看著天狗發脾氣、無奈的離去。

有了這件神奇的蓑衣，阿金就可以隨心所欲的惡作劇咯！

他回到家，一邊作著隱身惡作劇的夢，一邊帶著微笑睡午覺。

等到他醒來，卻發現蓑衣不見了！

「那麼髒的蓑衣，我把它燒掉了。」媽媽說。

哇！阿金急得掉下眼淚，趕到火爐邊。太遲了！蓑衣只剩下一堆灰。

嗚嗚嗚，阿金不死心，把灰捧起來，發現自己的手不見了！

「太好了！雖然只剩下灰，但隱形的妖術還在。」大喜過望的阿金，連忙把灰塗抹在身上，隱形了！

「呵呵！太棒了。」隱形的阿金，第一個想到的就是去喜助的店偷吃糯米糰子。

「太好吃了！」

「有妖怪呀！妖怪偷吃東西啦！」

阿金放肆猛吃，但一旁的人只看見糯米糰子騰空飛起，並且被一口一口吃掉。

阿金吃得好開心，舔了舔嘴巴，卻沒注意到嘴巴旁的灰被他舔掉了。

「哇呀！是嘴巴妖怪！」

一旁的群眾看得膽戰心驚。

阿金吃得口渴，又順手拿了一杯茶來喝。

「好燙！」一不小心，茶潑到了肚子上，把肚臍上的灰也給沖掉了。

「哇！又多了一個肚臍妖怪，救命啊！」

嘴巴妖怪和肚臍妖怪的出現，把鎮上攪得天翻地覆。

阿金覺得事態不妙，趕緊溜回家。

「哇！妖怪！」

他忘記媽媽也看不見他。害怕的媽媽情急之下，把手上的水桶往妖怪身上一潑！

嘩啦！阿金身上的灰全都掉下來了。

「可惡，原來又是你這孩子在搗蛋！」

可憐的阿金，被媽媽狠狠的修理了一頓，屁股都開花了。

難忘心情

小時候，最喜歡有「妖怪」和「法寶」的故事，當時覺得，阿金竟然膽敢冒著被妖怪吃掉的危險，騙來蓑衣，好調皮！好不容易才到手的簑衣，竟然瞬間又被燒成灰，好可惜！原本以為故事要結束了，沒想到，這些灰竟然也有神奇的隱形能力，真是太酷了！

說故事的人

王宇清，一個想很多卻寫得很慢的創作者，透過為孩子寫故事，學習正向面對自己和欣賞世界。曾獲九歌少兒文學獎、國語日報牧笛獎、好書大家讀年度最佳少年兒童讀物獎等。出版有《妖怪新聞社》系列、《願望小郵差》、《水牛悠尾的煩惱》、《空氣搖滾》等作品。其他作品散見於《國語日報》、《國語日報週刊》、《小典藏》雜誌等。

除了寫故事之外，最喜歡收集樂器，並發出一些別人覺得有點吵鬧，卻自認有點好聽的聲音。

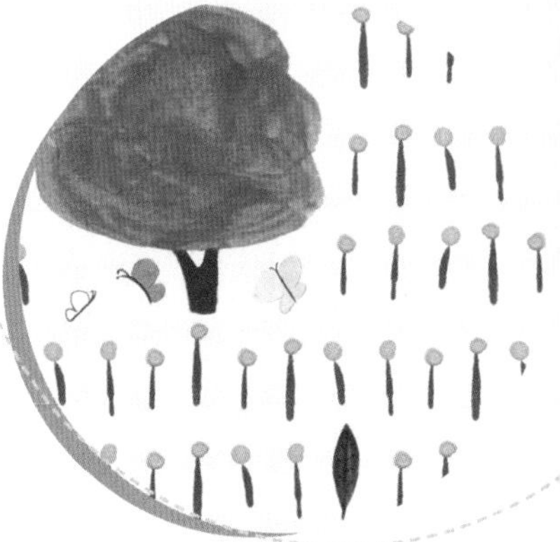

蝴蝶三姐妹

故事採集‧改寫／黃基博
故事來源／民間故事

早上，在繽紛燦爛的花園裡，百花盛開。

有三隻斑斕的蝴蝶，在花叢間飛舞翩翩，快樂又逍遙。紅蝴蝶是大姐，黃蝴蝶是二姐，白蝴蝶是三妹。

午後，天公不作美，下起雨來了，怎麼辦呢？雨點快打濕三姐妹的翅膀了。

她們慌慌張張的想找個避雨的地方。

「轟隆」的一聲，白蝴蝶害怕的飛到二姐身邊說：「姐姐，雷聲好可怕呵！」

黃蝴蝶說：「妹妹，你不用怕！姐姐會保護你。」

這時，白牡丹花開口說：「白蝴蝶，你的白衣裳和我的顏色一樣，我喜歡你！你快躲進我的花瓣裡來吧！」

白蝴蝶說：「只有我躲雨，兩位姐姐卻淋雨，那可不行啊！謝謝白花姑娘的好意，我心領了。」

紅蝴蝶說：「小妹，你真傻。」

白蝴蝶只是對二位姐姐笑。

向日葵說：「黃蝴蝶，你金黃色的衣裳真美！我最喜歡你，你的翅膀快濕透了，趕快到我的花瓣裡躲雨吧！」

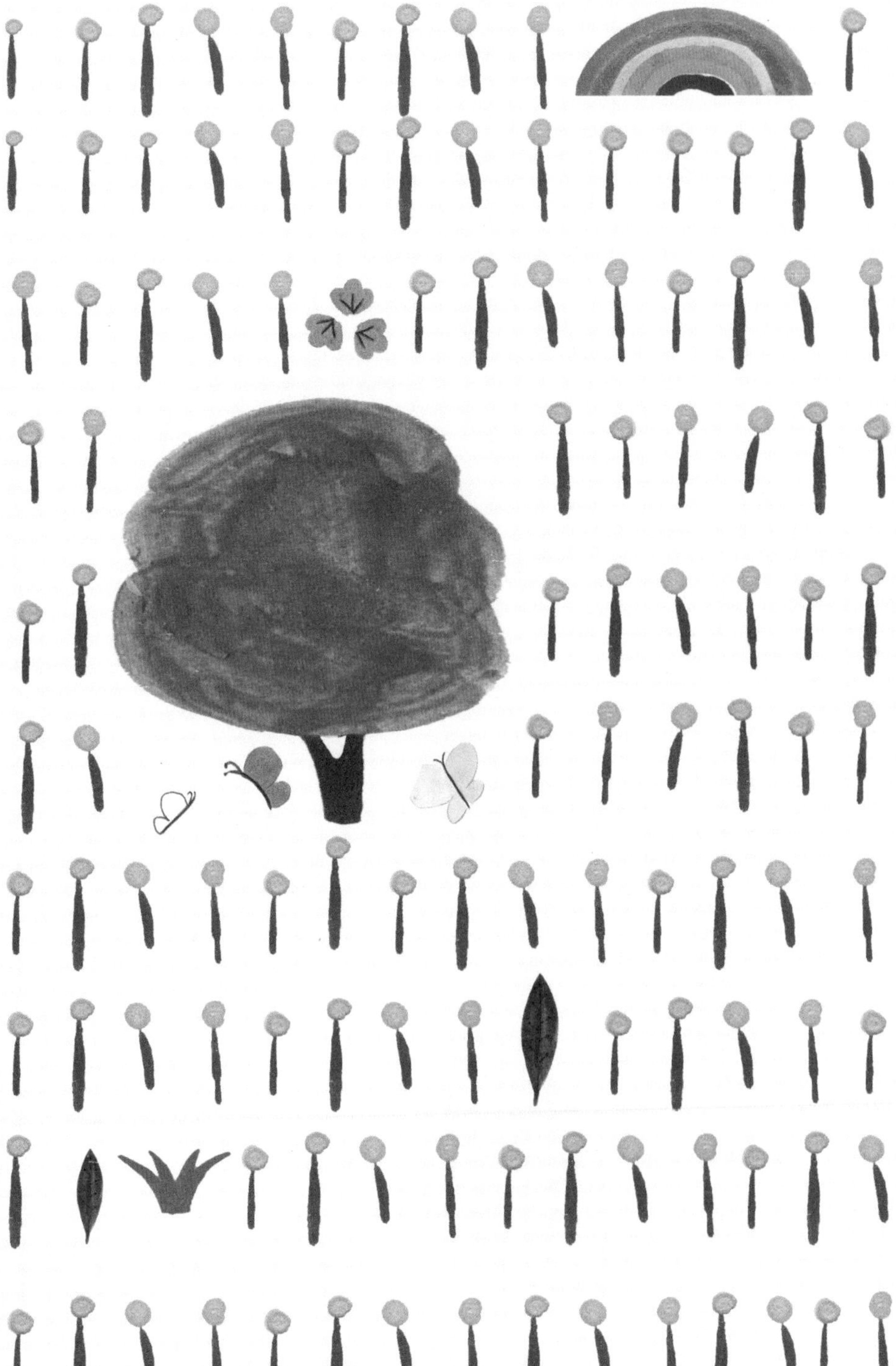

黃蝴蝶也婉拒了。

雨點越來越大了！三姐妹更加憂心時，聽到樹木說：

「蝴蝶姐妹，你們的友愛真叫我感動！我這兒很寬敞，可以容納你們。不嫌棄的話，請快快進來吧！」

三位姐妹聽了很欣喜，異口同聲的說：

「謝謝樹哥哥！」

不久，雨停了。太陽出來了，三姐妹感到格外溫暖。

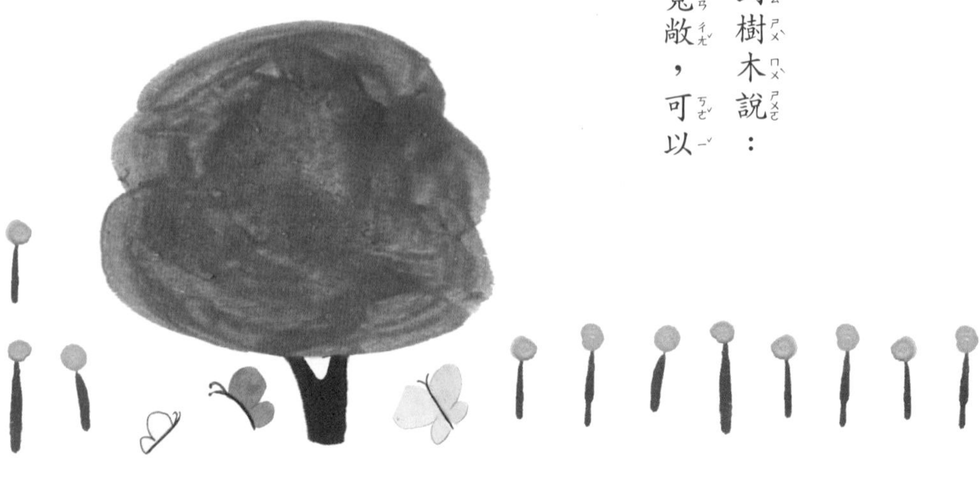

難忘心情

從前的許多家庭，兄弟姐妹眾多，常常會有爭吵，相處不和睦。我們家三兄妹，偶爾也會有一些小摩擦。

《蝴蝶三姐妹》是母親拿給我們閱讀的圖畫故事，它使我深深感動。我非常喜歡這個故事，我想：「世人如果都有蝴蝶三姐妹的美心，這社會將少了很多紛爭，一片祥和。」

說故事的人

黃基博，臺灣屏東縣人。屏師畢業後，在國小任教四十餘年，現已退休。教學之餘，從事兒童文學寫作，作品有童詩、兒歌、童話、故事、散文、歌曲、劇本……共出版了六十七本著作。

曾獲洪建全兒童文學獎、中國語文獎章、金鼎獎、高雄市文藝獎、海翁臺語文學獎等。在教學方面，獲師鐸獎兩次，杏壇芬芳獎兩次。

自私的巨人

故事採集・改寫／林武憲

故事來源／王爾德童話

很久很久以前，在很遠很遠的地方，有個巨人阿大，他有一座漂亮的大花園，小孩子很喜歡去那裡玩耍。

有一天，出門旅遊七年的阿大回家了，他看見一群小孩子在花園裡跑著、跳著、笑著，他瞪著大眼睛，生氣的大吼：「你們在這裡幹什麼？這是我的花園，除了我以外，任何人都不可以在這裡玩！」小孩子嚇得全跑開了。

巨人阿大，在花園的四周，築起一道高高的圍牆，還掛著布告：

「不准入內，違者重罰！」

從此以後，巨人的花園裡不再有小孩子。春天來了，百花處處開，鳥兒齊歡唱，卻是在牆外。巨人的花園裡，還是冷冰冰的冬天，只見白雪、冰雹和北風，手拉著手在飛舞；鳥兒不願意唱歌，果樹也忘了開花。春天在牆外待著，還說：「巨人太自私了，我才不理他呢！」

阿大坐在窗前，看著窗外白森森的花園，自言自語：「為什麼春天還不來呢？為什麼這個冬天特別長呢？」

一天早晨，巨人醒來，在床上聽到美妙的音樂，原來是黃鶯、小紅雀在唱歌。這時候，還有一股清新甜美的氣息飄進來。「嗯，我相

信春天到了。」巨人跳下床，去看窗外。

窗外，孩子們一個接一個，從圍牆上的小洞爬進來，開心的坐在樹上。花兒一朵朵的開起來，春姑娘跟著孩子們一起進入花園，花園裡充滿了花香、歌聲和笑聲。只有最偏遠的角落裡，冬天還殘留著。一個小男孩站在樹邊哭泣，因為他太小了，爬不上去。

巨人看見窗外的情景，心軟了。他對自己說：「我實在太自私了，我知道為什麼春天不肯來了。」他走出去抱起小男孩，放上樹幹，那棵樹馬上開花，鳥兒也飛來歌唱。「啵！」小男孩送給巨人一個甜甜的吻。

接著，阿大推倒高牆，說：「孩子們，花園現在是你們的了。」

從那天起，孩子們每天都會來找巨人玩，巨人一天到晚笑呵呵

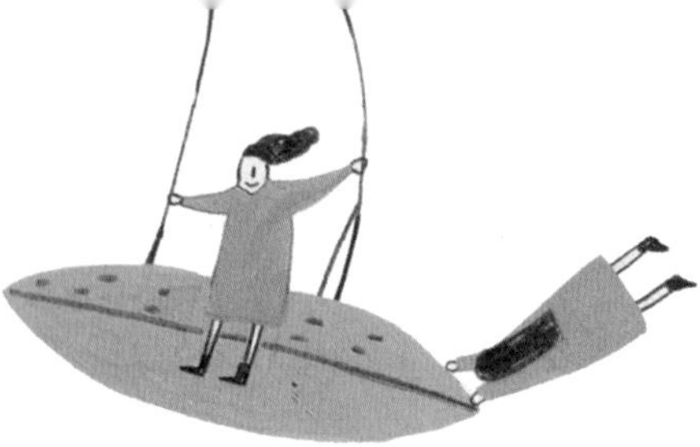

的，他從來沒有這麼快樂過。他說：「我的花園裡有很多美麗的花兒，但孩子們才是最漂亮的。孩子們就是春天哪！」

難忘心情

當巨人感受到春天和孩子同在，有孩子的地方，才有春天，才有春景，才會熱鬧，他悔改了，推倒高牆，也不再封閉自己，終於體會到分享的快樂。——這篇美妙如詩、充滿了畫面的童話故事，像磁鐵一樣，牢牢的吸住我，從小學到現在。

說故事的人

林武憲，彰化伸港人，彰中、嘉義師範畢業。致力於詩歌創作、文學評論和語文教育研究。編著有《無限的天空》等一百多冊，有些作品譯成英、日、韓、德、西班牙、土耳其文，有國內外作曲家譜曲；也編入臺灣、香港、新加坡、中國大陸的各級教材和《美洲華語》。

糖果屋

故事採集・改寫／黃文輝

故事來源／格林童話

很久以前，樵夫和兒子女兒以及他們的繼母住在一個森林旁邊，過著窮困的生活。有一年鬧饑荒，家裡快沒有東西吃了，繼母睡覺前告訴樵夫：「大人都快餓死了，怎麼養孩子呢？明天，我要把漢斯和葛莉特丟在森林裡，不然我們四個人都會餓死。」

那天晚上，哥哥因為肚子太餓睡不著，聽到了爸爸和繼母的談話。漢斯偷偷走到屋外，撿了很多小石頭放進口袋裡。

隔天，繼母帶兩兄妹去森林撿木柴，漢斯故意走在最後面，每走一段路就丟一顆小石頭在路上。繼母帶他們到森林深處，要他們撿木柴，自己便轉身離開。

天色漸漸暗了，繼母果然沒有來接他們。漢斯牽起妹妹的手，循著路上的小石頭回到了家。

繼母看到他們回家很生氣，隔天又給兩兄妹各一片麵包，帶他們進森林。哥哥把麵包撕成一小塊一小塊，灑在路上作記號。

兩兄妹又被丟在森林裡，天黑時，漢斯要帶妹妹回家，卻找不到灑下的麵包，原來森林裡的鳥把麵包吃光了。

兩兄妹在森林裡迷路了，又累又餓。忽然，他們發現前方出現一間用餅乾和糖果做成的房子。兩兄妹跑上前，拿起牆壁上的餅乾開始吃。

一個老婆婆走出來，慈祥的說：「到屋子裡來吧，我有更多好吃的東西。」

兩兄妹進屋後，開心的吃餐桌上的美味食物，然後在老婆婆準備的床上睡覺。

老婆婆其實是巫婆，她的眼睛不好，所以做一個糖果屋吸引孩子來。

隔天，漢斯醒來，發現自己被關在籠子裡，他叫醒籠子外的葛莉特，葛莉特看到哥哥被關，大聲哭了起來。

巫婆邪惡的說：「小妹妹，去打水煮好吃的東西給你哥哥吃，我要把他養得白白胖胖的，這樣才好吃，呵呵呵！」

葛莉特雖然不願意，但又不能丟下哥哥一個人逃走，只好照著巫婆的話去做。

巫婆每天給漢斯吃很多東西，並叫他伸手給她摸一摸，胖了就要吃他。漢斯每次都拿吃剩的骨頭給巫婆摸，眼睛不好的巫婆說：「奇怪？怎麼還是這麼瘦？」

後來巫婆失去耐心，不想等了；她叫葛莉特在火爐裡面放木柴，把火燒大一點，準備把漢斯煮來吃。

葛莉特想到一個主意，她請巫婆看看火爐裡的火夠不夠大。巫婆在爐口檢查時，葛莉特趁機把她推進火爐，並把爐口關起來，燒死巫婆。

葛莉特放哥哥出來。他們還在巫婆的房子裡找到很多珍珠和寶石。

他們終於回到家時，狠心的繼母已經餓死了。於是，他們和爸爸一起過著富裕的生活，再也不用餓肚子了。

難忘心情

小學四年級的時候，老師在課堂上講《糖果屋》這個故事。老師語氣誇張，表情生動的模仿巫婆捏漢斯的手，樣子很嚇人。當時，我家的經濟並不寬裕，媽媽偶爾會說家裡沒有錢了，也會罵調皮的我乾脆去當別人家的小孩算了，讓我很擔憂自己也會像漢斯兄妹一樣被丟掉。因為這個原因，這篇故事讓那時的我驚嚇許久，至今仍記憶猶新。

說故事的人

黃文輝，生於臺灣高雄。臺灣大學機械工程研究所碩士與英國納比爾大學管理學院碩士。曾在新竹科學園區擔任工程師與經理等職務。已出版《東山虎姑婆》、《第一名也瘋狂》、《候鳥的鐘聲》、《鴨子敲門》等著作。

曾獲好書大家讀年度最佳少年兒童讀物獎。旅居英國和紐西蘭近十年，目前定居臺灣花蓮，從事兒童文學創作與偏遠地區兒童閱讀推廣。

梁山伯與祝英臺

故事採集・改寫／洪淑苓

故事來源／中國民間故事

相傳東晉時，浙江上虞縣祝家有個女孩叫英臺，她渴望上學，但父母無法同意，因為那是違反禮俗的。聰明的英臺假扮男孩來試探，父母親一時沒認出是她，只好准許她改扮男裝去杭州上學。

英臺在途中遇到來自會稽的梁山伯，兩人一見如故，就結拜為兄弟，一同前往杭州。進入學堂，山伯彬彬有禮，循規蹈矩，而英臺天資聰穎，反應靈敏，兩人互相切磋，友誼愈來愈厚。英臺雖然改扮男

裝，但言行舉止還是顯得秀氣，有些調皮的男同學愛捉弄她，山伯總是仗義執言，為她解圍；英臺因此對山伯產生好感，希望有一天可以對他表明心跡。

不久，祝家來信說祝母病危，要英臺儘快返家。英臺不得不向老師和梁山伯告辭，但她邀請山伯來訪。她跟山伯約定「二八」、「三七」、「四六」之日，希望山伯記得這約定。

英臺回家後，山伯非常思念。這時候，山伯的書僮四九告訴他，英臺是個女孩，她一定等著山伯去拜訪。山伯十分驚訝，原來旁人早就看出端倪，只有他

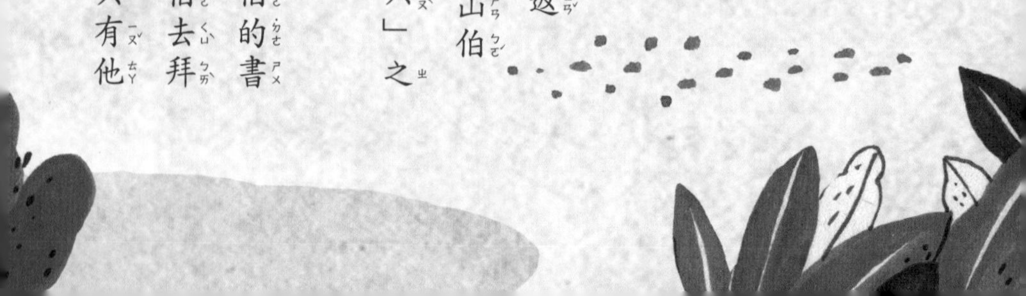

毫無知覺。但山伯猜不出英臺跟他約定的日期是指哪一天？經過思索，終於明白是指「十日」，因為「二八」、「三七」、「四六」，兩個數字相加都是十。眼看已經過去七八天了，山伯馬上整理行裝，快速趕往祝家莊。

但一切都已經太遲，英臺一回到家，母親就告訴她，已經為她訂了親事，對象是馬文才，過兩天馬家就要來迎娶了。

當山伯來到祝家，英臺回復女

裝和山伯相見，兩人終於互通心意。山伯慶幸自己沒有錯過約定，可以向祝家提親，英臺卻告訴他一切都已成定局。

山伯不能接受這個事實，傷心的離開祝家莊，一回家就病倒了。不久，山伯竟病逝。英臺想要前往弔喪，但遭到父母強烈阻止。英臺受到阻撓，內心卻已有其他打算。

出嫁那天，英臺穿戴鳳冠霞帔，裡面卻穿著代表服喪的縞素。她指定花轎一定要經過山伯的墳前，她要親自祭拜。

一列迎親的隊伍熱熱鬧鬧的出發了。新娘子的轎子來到山伯的墳前，英臺步下花轎，脫掉紅衣裳，全身素白，在山伯墳前慟哭祭拜。

忽然間，風雲變色，墳墓裂開，英臺撲向梁山伯的墳頭，竟被吸了進去；旁人想拉住她，卻只拉住她的一塊衣角。

那衣角，就這樣化成了一雙蝴蝶，翩翩飛舞……。人們都說，那是梁山伯和祝英臺變成的蝴蝶。

難忘心情

一九六〇年代，凌波和樂蒂主演的黃梅調電影《梁山伯與祝英臺》風靡一時。這個故事來自中國民間傳說，祝英臺女扮男裝去上學，結識梁山伯，兩人相愛卻不能結合，最後化為蝴蝶，翩翩飛舞。文中「二八」、「三七」、「四六」的約定，也是來自民間的傳說。真愛力量大，化遺憾為永恆，令人感動。

說故事的人

洪淑苓，現任臺灣大學中文系教授。曾獲教育部文藝創作獎、臺北文學獎、優秀青年詩人獎、詩歌藝術創作獎、好書大家讀年度最佳少年兒童讀物獎等。著有多種學術專書及新詩集《預約的幸福》、《尋覓，在世界的裂縫》；童詩集《魚缸裡的貓》；散文集《扛一棵樹回家》、《誰寵我，像十七歲的女生》、《騎在雲的背脊上》等。

三打白骨精

故事採集・改寫／林玫伶

故事來源／《西遊記》

三藏師徒取經途中，有天進入一座高山。不久，三藏餓了，但這裡前不著村，後不著店，悟空於是跳上雲端，睜眼觀看，發現南方高山有熟透的山桃，便駕起觔斗雲往南方奔去。

山上的妖精看見三藏坐在地上，喜不自禁說：「這和尚本是金蟬子化身，吃他一塊肉，便能長命百歲。今日我的機會終於來臨了。」

妖精為了靠近三藏，搖身變成了花容月貌的姑娘，左手提著青砂

罐，右手提著綠磁瓶，往唐僧走去。八戒看姑娘漂亮，刻意放下釘鈀，斯斯文文的上前相迎。

姑娘告訴八戒，青罐裡是香米飯，綠瓶裡是炒麵筋，特地來送齋飯。八戒聽了，高興得稟告師父。

這時悟空摘了桃子回來了，用他的火眼金睛看出那姑娘是妖精，於是掄起鐵棒，當頭就打。妖精使用解屍法，一溜煙走了，留下假屍首被打死在地上，八戒憤恨難過，

直說大師兄冤枉了好姑娘。

三藏對於悟空無故傷人性命，又驚又氣，隨即念起緊箍咒，痛得悟空大叫：「頭痛頭痛，別念了，有話好說呀！」

三藏見悟空苦苦哀求，便說：「饒你一次，如果屢勸不聽，這咒語定要念二十遍。」

那妖精在雲端看得咬牙切齒，決定再戲弄他們一次。這次

他變身為白髮蒼蒼的老婦人，拄著竹杖，一步一哭聲的走來。八戒看了大驚失色，叫：「不好了，那姑娘的媽媽來找人了。」

悟空認出他是妖精，廢話不說，舉棒照樣打下去，妖精又脫了殼升空去。

三藏見了氣得下馬，把緊箍咒足足念了二十遍。可憐的悟空，頭被勒得像葫蘆腰身，痛得在地上打滾。

三藏看了心軟，又饒過悟空，囑咐他絕不可再行兇。

妖精在半空中，忍不住暗誇悟空好眼力，但又怕三藏過了此山，就沒有吃他肉的機會了，於是再變一次。這次變成一個老公公，手拄拐杖，口念佛經，一路走來。

八戒跟師父說：「這一定是來找老婆、女兒的，要是知道師兄杖殺了他的女兒，打死了他的老婆，一定要我們償命。」

悟空不吃這套，他走向前去，正要出棒，又忖思著：「不打，師父被弄走還是得救；打他，又怕師父念起那咒。」於是心生一計，把土地公、山神都叫來，要眾神聽令，在空中作證，這才掄起金箍棒打倒妖精，絕了靈光。

三藏氣得要念咒語，悟空忙說：「先別念，師父且來看看他的模樣。」

只見地上剩下一堆骷髏在那裡，脊梁上還有一行字叫「白骨夫人」，三藏這才信了悟空。

難忘心情

小時候聽這個故事真是驚駭，白骨精可以化身漂亮的姑娘，也可以變身老人家，演技好又打不死，奇幻指數真是破表。

看完這個故事，多數人對豬八戒這個「豬一樣的隊友」最是咬牙切齒，不做事又愛咬耳朵，真是夠了。但我更討厭唐三藏，判斷力差，除了身上的肉值錢外，什麼都不會。嗯嗯，不對，他冤枉孫悟空最行，碎碎念緊箍咒更是一流。哼！

長大後懂了，原來，孫悟空是為了給唐三藏罵，豬八戒是為了給讀者罵，而唐三藏，永遠沒他的事。

說故事的人

林玫伶，臺北市國語實驗國民小學校長、兒童文學作家。著有多部校園暢銷作品並獲獎，包括《小耳》（臺灣省兒童文學創作童話首獎）、《我家開戲院》（好書大家讀年度最佳少年兒童讀物獎）、《招牌張的七十歲生日》（入圍金鼎獎）、《笑傲班級》、《小一你好》、《童話可以這樣看》、《閱讀策略可以輕鬆玩》、《經典課文教你寫作》等十餘部作品。

孤女尋親記

原著作者／赫克特．馬羅（Hector Malot，1830~1907，法國作家）
故事採集．改寫／王文華

很久以前，有個女孩，名叫小伶。

小伶的爸爸是法國人，媽媽是被法國人歧視的印度人，這種歧視連爺爺也深受影響，不肯接納小伶的媽媽。爸爸只好帶著她們在外流浪，生活雖然困苦，但一家人能在一起，比什麼都重要。

在父母的教導下，小伶學會法語和英語，只是好景不常，父親去世了。小伶跟母親相依為命，準備駕著驢車到法國投靠爺爺。

他們到法國時，母親卻生了一場大病，急需用錢的小伶，被迫賣掉驢子換錢。只是，她的衣衫襤褸，人們瞧不起她，好不容易換了錢，去商店買麵包時，店主竟然起了壞心，欺負她年紀小，誣賴說她拿的是假鈔，不但奪走她的錢，還把她趕出去。

這下子，小伶和媽媽真是走投無路了。

天氣寒冷，飢寒交迫，重病的媽媽臨死前，拉著她的手叮嚀：「孩子，你要記住，所有的一切都要靠自己，靠自己的力量前進；想要別人愛你，就得先愛別人，知道嗎？」

在大雪紛飛的晚上，媽媽去世了，從此，小伶真真正正無依無靠了。

她遵從媽媽的遺言，經過長途跋涉，終於來到了爸爸的故鄉。她沒有貿然就去找爺爺，她擔心富有的爺爺不一定願意接納她，她記起媽媽的話，想要有人愛，就得先愛人。

小伶的爺爺開了一家大工廠，村裡的人多半是爺爺的工人。小伶初來乍到，她隱瞞自己的身分進入爺爺的工廠當女工。她是個認真的孩子，不管人家要她做什麼，她總是做得又快又好。

她還在河邊找到一棟獵人的小木屋，因為沒什麼錢，一切都得自己來。她自己動手作草鞋，買布縫製衣服，還把鐵片打凹做成湯匙，甚至自己釣魚，自己烤麵包，流浪多年的生活磨練，讓她有能力在這裡自力更生。

皇天不負苦心人，小伶因為會說英語，獲得了失明的爺爺賞識，留她在身邊做秘書；她做事負責，誠實可靠，更加受到爺爺喜愛。因為能運用英文，她愈來愈受重用，後來爺爺覺得小伶是個忠心、認真的孩子，便把她接到家中照顧。

有一天，一封國外寄來的信，讓爺爺驚喜的發現——原來身邊這位小秘書，竟然是他世上唯一的孫女。從此，小伶就和爺爺過著幸福快樂的日子。

難忘心情

我小時候，卡通節目固定在每天的傍晚播出，當時有一部卡通影片《小英的故事》，深受小朋友的喜愛。其實，《小英的故事》就是這個故事的改編版，當時只要主題曲一響起，街頭巷尾的小孩都急著跑回家看電視。

記憶中，印象最深刻的，是小伶到了法國，自己在鄉間小木屋居住那段——明明已經找到爺爺了，卻不去相認。小時候，我一直無法理解為什麼；長大後才能體會，如果她貿然跑去找爺爺，即使爺爺接納了她，也不見得是真心的。只有先去愛爺爺了，讓爺爺發現她的優點，讓爺爺真的喜歡她，那種愛才能長久。

說故事的人

王文華，國小教師，兒童文學作家，臺東大學兒童文學研究所畢業。他愛山更勝於愛海，目前定居於埔里，一個靠近日月潭邊的小鎮。

平時的王文華很忙，忙著讓腦袋瓜裡的故事飛出來，也要忙著管他那班淘氣的學生，他喜歡跑到麥當勞「邊吃邊找靈感」，那時，他特別有感覺，可以寫出很多特別的故事。

曾獲國語日報牧笛獎、金鼎獎等獎項。出版《美夢銀行》、《我的老師虎姑婆》、《可能小學的歷史任務》等書。

賣香屁

故事採集・改寫／李光福

故事來源／臺灣民間故事

一對兄弟的父母去世前，交代哥哥要好好照顧弟弟。

起初，哥哥真的有好好照顧弟弟。但哥哥娶了嫂嫂後，在嫂嫂的慫恿下，兄弟倆分了家，田地、房子等好的家產都被嫂嫂搶走，弟弟只分得一些舊家具、一間破屋子，以及屋前的一棵樹。

弟弟雖然分到的都是沒價值的東西，但他絲毫不計較，認為哥哥結了婚，有了家，分得多、分得好是應該的，他只有孤單一個人，只要能過活就好了。所以他甘願過著清貧的生活，每天到河裡提一桶水澆那棵樹——雖然他不知道那棵樹有什麼用處。

有一年鬧旱災，農作物歉收，有田地的人都沒食物吃了，弟弟當然更得勒緊褲帶，但他還是沒忘了找水澆那棵樹。

不久，那棵樹開滿了黃花，花溢著香味。又不久，花謝了，結了一條條豆莢。飢腸轆轆的弟弟看了，摘了一些豆莢煮來吃。吃了以後覺得肚子很脹，忍不住放了一個屁，一聞，那個屁竟然是香的。他靈機一動，就跑到街上「賣香屁呀！賣香屁呀！」的叫賣。

有個富翁的管家聽了，叫住弟弟說：「我家主人生了重病，他說在死之前，想看一樣世上稀有的東西。你的屁若是香的，就的確很稀有，願不願放給我家主人聞？」

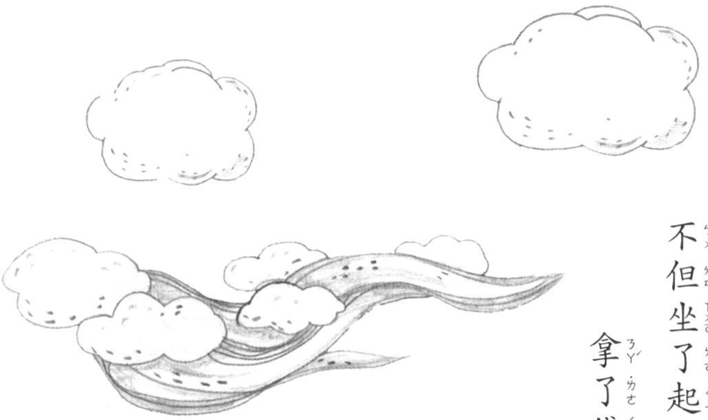

弟弟心想：「這也算是救人吧！」就跟著去了。到了富翁家，富翁奄奄一息的躺在床上。弟弟脫了褲子，把屁股朝向富翁，用力一放，瞬間，空氣中彌漫著一股香氣。富翁聞了後，不但坐了起來，病也好了許多，高興的賞給弟弟一大筆錢。弟弟拿了錢，回去蓋了一間新房子，也不愁吃穿了，但他還是沒忘了每天幫那棵樹澆水。

一天，哥哥發現了弟弟的改變，問了原因後，回去告訴嫂嫂。嫂嫂一聽，叫哥哥也去摘些豆子煮來吃，也去街上「賣香屁呀！賣香屁呀！」的叫賣。

富翁聞過弟弟的香屁後，一直很難忘懷，叫管家再去街上找賣香屁的人。管家看到哥哥在叫賣，雖然不是上次那個年輕人，但還是把他帶了回去。

到了富翁家，富翁坐在椅子上等著聞香屁。哥哥脫了褲子，把屁股朝向富翁，用力一放，瞬間，空氣中彌漫著難聞的臭味。原來，哥哥拉肚子了，還拉得富翁滿臉滿身。

結果，哥哥被五六個家丁
抬著丟出富翁家。

難忘心情

小時候聽完這故事，我以為世上真的有香屁，也一直希望自己能放香屁。後來才知道被這故事騙了，但也學到了「善有善報，惡有惡報」。

說故事的人

李光福，新竹師院語文教育系畢業，在小學任教三十一年退休。目前是專職兒童文學作家，著作逾百餘本。作品曾獲金鼎獎入圍、國立編譯館人權教育優良圖書獎、好書大家讀年度好書獎、九歌少年文學獎等獎項。

杯弓蛇影

故事採集・改寫／鄭宗弦
故事來源／《晉書・樂廣傳》

晉朝的時候，有一個有名的文人，名字叫做樂廣。他很喜歡熱鬧，常常在家裡宴請朋友，大家一同談論學問。

有一回他邀請一位好朋友到家裡來喝酒談天，那位朋友回去之後，竟然好久沒有再跟他聯絡。樂廣感到很疑惑，是不是自己講錯什麼話，或是做了什麼舉動得罪了對方？他趕緊請人去打聽，一問之下才知道那位朋友生了大病，根本無法出門。

樂廣趕忙前往朋友家探病，發現朋友茶不思飯不想，整日惶惶不安，晚上難以入眠，常常還會發高燒；雖然已經請醫生來診治過了，可是病情還是每況愈下。

樂廣擔心的問：「怎麼會生這麼重的病呢？」

朋友看了他一眼之後，眼神立刻移往別處，支支吾吾的說不清楚，似乎有難言之隱。

樂廣是個實事求是的人，也希望朋友之間能坦誠相對，於是再三追問原因。朋友見他態度如此堅定，終於驚魂未定的說出緣由。

「唉！上一回我去你家喝酒，喝得酒酣耳熱之際，卻忽然看見酒杯中有條小紅蛇在酒水裡游動，我受到很大的驚嚇，全身起了雞皮疙瘩，酒也醒了大半。」

「我一定是喝茫了，竟然沒有發現你的反應。」樂廣抱歉的說，

「你當時怎麼不說呢？」

「我本來想問你，但是又擔心質疑主人的酒，是對主人不信任的表現，那是很失禮的。因此我沒有聲張，一口將那杯酒灌下肚，就匆忙告辭了。回到家之後，我一想起那條小紅蛇在自己的肚子裡，不知會怎麼作怪呢！愈想愈害怕，愈想愈噁心，竟然就嘔吐起來，接著就開始生病，病情還愈來愈嚴重。」

「可是，酒裡面有小蛇？似乎是不可能呀！」

樂廣覺得很困惑，回家之

後便把酒拿出來，倒進杯子裡察看，並沒有察覺任何異狀。他一邊思索，一邊端著酒杯來到朋友當時所坐的位置，赫然發現酒杯中真的出現一條小紅蛇。

他抬頭察看，發現那是牆上掛著的一把紅色的角弓，倒映在酒水上面所形成的影像。當酒水隨著手的移動而晃盪時，那條倒影便跟著搖晃，彷彿在水中游動一般。

樂廣趕緊跑去朋友家，把這原因告訴他。

朋友聽了真相之後，才知是誤會一場，立刻如釋重負，所有的病症很快就都痊癒了。

難忘心情

小時候，聽到這個故事，會覺得不要自己嚇自己、自尋煩惱。長大後再讀，覺得故事中，朋友的疑慮是有道理的，但他不應該選擇隱忍不問，暗自把那疑惑吞下肚，才使得它在暗處萌芽發酵，最終變成恐懼而侵蝕身體健康。這個故事教會了我：開誠布公，坦然的求明真相。

說故事的人

鄭宗弦，喜歡閱讀，熱愛創作。曾榮獲數十個文學獎項，出版書籍有：《鄭宗弦的「鬼」故事系列》、《豬頭小偵探系列》、《快樂點心人系列》、《香腸班長妙老師系列》、《媽祖林默娘》、《穿越故宮大冒險系列》等書。

孫叔敖埋蛇

故事採集・改寫／蔡淑媖

故事來源／中國民間故事

很久很久以前，有一個小男孩，他的名字叫做孫叔敖。孫叔敖從小就很聽話、很乖巧，也很勤勞，會幫忙工作。有一天，他獨自到田裡工作，拿著鋤頭除草。

田裡的農作物一畦一畦的整齊排列著，孫叔敖順著田畦，一來一往的把雜草除掉，好讓農作物可以好好生長。除草時，鋤頭必須深入土裡，把雜草的根整撮翻出來，讓太陽曝曬成乾，雜草才不會再繁殖。正當他用鋤頭把土翻上來的時候，突然感覺有東西在迅速扭動，孫叔敖嚇了一跳，馬上往旁邊躲開！他看見翻攪出來的土堆上，隱隱約約出現兩個蛇頭，他本來以為是兩條蛇在扭動，定睛一看，才看清楚是一條兩頭蛇。

自古以來，村子裡有個傳言：看到兩頭蛇，就活不過明天。孫叔敖想到自己即將離開人世，心裡很悲傷，悲傷中，他很快的又想到：不能再讓別人看到這條蛇，否則又有更多人受害。孫叔敖馬上把鋤頭舉高，將兩頭蛇打死，並挖個洞，把蛇深深的埋在土裡。

孫叔敖無心工作了，他有氣無力的走回家。他一看到母親，便雙腿一跪，嗚嗚嗚的哭了起來：「請原諒兒子不孝，不能再陪您了。」母親被他嚇了一跳，著急的問：「到底發生什麼事？你怎麼哭得這麼

傷心？」孫叔敖一邊抽噎一邊說：「我剛剛在田裡除草，看到了一條兩頭蛇，我就要離開人世了！想到要跟親愛的家人分離，我心裡好難過！」母親問：「那條蛇呢？」孫叔敖回答：「我怕別人看到牠，會跟我一樣活不久，就把牠打死，埋在土裡了。」

母親扶起了孫叔敖，對他說：「敖兒啊！你這麼慈悲、有愛心，遇到這樣的事情還能替別人著想，我相信上天會照顧你，不會讓你這麼早離開人間的。」

孫叔敖聽了母親的話，感到很安心，他更加珍惜生命，每天努力做好應做的事情，後來，他不僅沒有早逝，還成為一個勤政愛民的官員。

難忘心情

在鄉下長大的我，看到蛇的機會很多，有時在田裡，有時在庭院，甚至，有一回蛇還跑進屋子裡。

我對蛇的印象除了親眼目睹外，就是來自這個故事——那個傍晚，讀初中的大姐在家門口鋪了一張草蓆，讓我們這群弟妹圍坐在一起，聽她說手上那本故事書裡的故事。

說故事的人

蔡淑媖，出生於嘉義沿海的偏僻小村莊。從小愛說話，是個很吵的小孩。愛說話也愛聽大人說話，常常窩在媽媽身邊聽鄰居阿姨們東家長、西家短。最喜歡學校的說話課，因為不用聽課和考試，又有故事可以聽，自己也常常上臺說故事。認真算來，說故事已經超過四十年了。現在是兒童文學工作者，除了說故事，也寫故事和教課。

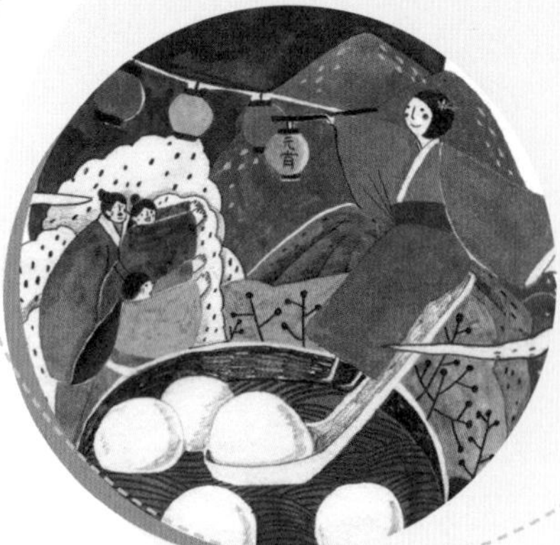

元宵在這裡

故事採集・改寫／子　魚
故事來源／中國民間故事

漢朝，有一位東方朔，很有智慧，又有學問。皇帝喜歡他，特地請他來做官。

東方朔到御花園賞梅，忽然聽到井邊傳來哭聲。

原來是一位宮女在掉眼淚。

「怎麼了？想家了？」

「嗯！」宮女滿臉淚水的點頭。

宮女名叫元宵，擅長做湯圓，皇帝很喜歡吃。自從元宵進宮後，再也不能回家。她想念爸爸、媽媽和妹妹。「你想和家人見一面？」元宵沒有回答，眼眶更紅，淚水流得更多。

東方朔懂得她的心情：「別哭了！我幫你。」

他扮成一位算命先生，走在大街上，故意告訴老百姓：「糟了！北方火神君將要降臨京城，京城將會發生大火。一燒燒三天。」

大家都非常恐慌。一位老先生問：「那該怎麼辦？」

算命先生拿出信說：「將這一封信交給皇上，也許可以避免一場火災。」

信傳到皇宮，皇帝也聽說這件事，他打開信一看：

「正月十五，火神君到，皇宮大火。消災解厄，湯圓花燈。」

皇帝不明白這幾句話是甚麼意思？驚慌的請東方朔出主意。

「聽說火神君愛吃湯圓，正月十五，做湯圓、提花燈。請火神君吃湯圓，欣賞花燈，他就不會帶來災難。」東方朔說。

皇帝傳聖旨，要家家戶戶做湯圓，紮花燈，準備祭拜火神君。東方朔要元宵紮個大花燈，在燈籠寫上自己的名字，要大、要明顯。

正月十五，皇帝用元宵做的湯圓，隆重的祭祀火神君。鞭炮聲不絕響起，鑼鼓響徹雲霄。京城大街張燈結綵，掛起各式各樣的花燈。

這一天，皇宮特別允許宮裡的人可以到大街遊玩、提燈籠。大家難得能出宮，元宵和宮女們興奮的結伴在街上提燈籠。

她想起東方朔的話，一定要把燈籠舉高。

元宵

元宵的家人也上京城提燈。她的妹妹遠遠的看見有個燈籠上面寫著「元宵」兩字時，心想：「那會是元宵嗎？」

她好奇的大叫：「元宵！元宵！」

元宵仔細聽著風中傳來的聲音。她趕緊轉頭看往聲音傳來的方向。

「是妹妹！」元宵眼淚一下子流了出來。她大喊：「妹妹，我在

這裡！」

妹妹帶著元宵去見爸爸、媽媽。

「啊！我的孩子。」媽媽已經流下眼淚。

元宵忍不住抱著媽媽哭：「媽！我好想你！」

皇帝祭祀火神君。火神君果然沒有帶來災難。

元宵很感激東方朔，讓她和家人還有見面的機會。

京城平安無事，皇帝認為這是很吉祥的事情，下達聖旨：明年照樣做湯圓、紮花燈，慶賀太平。元宵節就是這麼來的。

難忘心情

小時候，每到元宵節，媽媽會帶我和弟弟到安平古堡提燈。那是我童年記憶最美好的一段時光。她帶著我用牛奶罐做燈籠；雖然我沒有漂亮的紙紮燈籠，卻有最溫暖的燈籠。邊做燈籠，媽媽邊說這個故事，告訴我們元宵節的由來和提燈籠的典故，讓我印象深刻。

說故事的人

子魚，本名孫藝玨，兒童文學作家。寫詩、寫童話和小說，愛講故事，愛閱讀，更愛運動。臺東大學兒童文學研究所碩士，天津師大比較文學博士。個性活潑開朗，喜歡跑步。曾經得過信誼幼兒文學獎等獎項，作品有《詩人，你好》、《在那一年的鬼怪》等書。

湯姆叔叔的小屋

故事採集・改寫／阿德蝸

原著作者／哈里特・伊莉莎白・比徹・斯托
（Harriet Elizabeth Beecher Stowe，1811~1896，美國作家）

「湯姆叔叔，不是這樣寫……」

「好難喔！為什麼你們白人都會寫字？」

小主人喬治正在湯姆的小屋裡教他寫字，但今天是最後一次了。

儘管心地善良的湯姆深得家裡每一個成員的信任與敬重，謝爾貝先生還是不得不賣掉他來償還債務。

這個決定讓湯姆必須離開家人，跟著黑奴販子海利出發前往南方。湯姆搭乘的船沿著密西西比河順流而下，旅客當中有一個年約五六歲，皮膚白皙的小女孩，總是好奇的盯著他看。

「小姐，你叫什麼名字？」湯姆終於忍不住的問。

「我叫伊娃，你叫什麼名字？」

「我叫湯姆，孩子們都叫我湯姆叔叔。」

「湯姆叔叔，你要去哪裡？」伊娃睜大眼睛問。

「我只是個奴隸，誰買了我，我就去哪裡。」湯姆無奈的說。

「那麼，我拜託爸爸把你買下來。」

「謝謝你，伊娃小姐。」湯姆感動的說。

這時候，船突然劇烈的搖晃了一下，伊娃一個重心不穩，就這麼

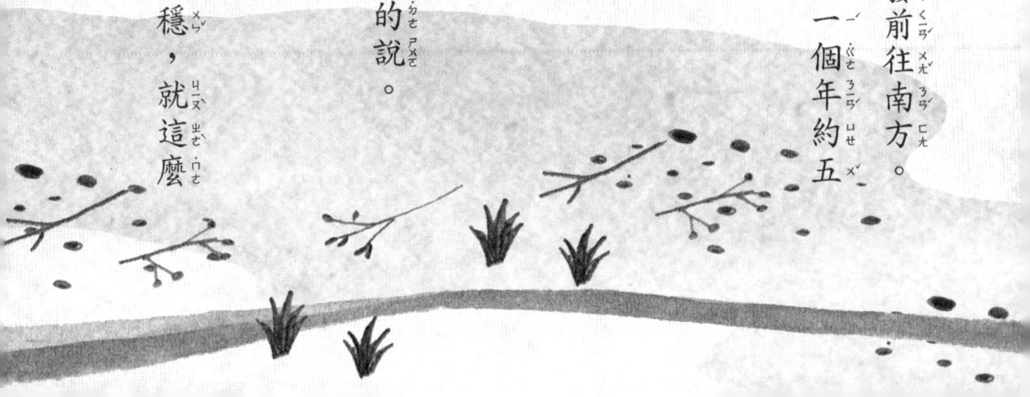

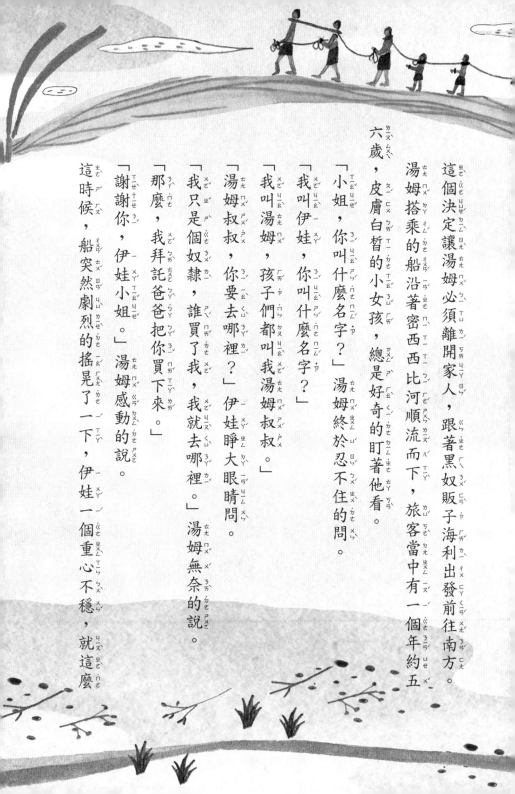

從船邊掉下了河裡，伊娃的父親準備跳下水救她時，湯姆已經搶先一步。湯姆順利的救起伊娃，伊娃的父親也當場買下湯姆，他們一起回到紐奧良的家裡。

在新主人家裡，湯姆成了伊娃最信賴的朋友，他們無話不談。但是，從小體弱多病的伊娃，卻在兩年後病危……

「湯姆叔叔，這束頭髮送你，以後你看到它，就會想起我。」

伊娃將她的頭髮一束束的剪下，分送給家裡的每一個成員。湯姆忍住淚水，顫抖的伸出手將頭髮接了過來。

伊娃過世後，有一天，伊娃的父親對他說：「我決定讓你回到老婆和孩子的身邊。」

「老爺，你說的是真的嗎？」

「是伊娃改變了我對黑奴的看法，她真的好喜歡你。」湯姆不敢相信自己將得到期待已久的自由。伊娃的父親還幫他寫信回老家，報告這個好消息。

沒想到，伊娃的父親竟然在一場勸架的衝突裡意外喪命。主人死得太突然了，夫人推翻了老爺對湯姆的承諾，還把他送到黑奴的拍賣場上。

湯姆的新主人雷克是個兇惡的人，他為了逼迫湯姆說出其他逃跑奴隸的下落，竟然把他活活打死了。

湯姆死後的第三天，從前的小主人喬治終於輾轉找到了雷克；他希望能買回湯姆的自由，可是這一切都已經太遲了……

難忘心情

小時候，我曾因調皮被媽媽禁足，那時我只能趴在窗口，看著同伴在空地上嬉戲，儘管只有短暫的失去自由，卻令我印象深刻。後來，我讀到這個關於黑奴追求自由的故事，才知道原來世界上曾有過這麼悲慘的事，也更體會自由的可貴。

説故事的人

阿德蝸，環境管理研究所畢業，目前是小學老師，喜歡大自然、旅行和拍照。圖鑑方面的作品有蝸牛、迷你貝、淡水貝等貝類圖鑑；兒童文學方面的作品有《烏龍小學》系列、《小四愛作怪》系列、《搶救消失的風景線》系列及《火龍的逆襲》等。

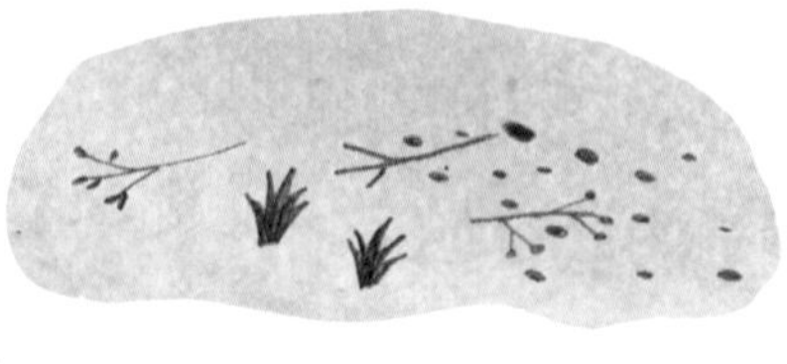

阿里巴巴與四十大盜

故事採集・改寫／黃郁欽

故事來源／《一千零一夜》

在沙漠的綠洲裡，有一個熱鬧的小鎮。卡西姆是鎮上最有錢的商人。他在鎮上擁有最多的田地、最多的牲畜，可是他還是不滿足，永遠都想著要怎樣弄到更多的財富。而讓他最生氣的是，他家旁邊，竟然住了一個鎮上最窮的小樵夫，阿里巴巴。

阿里巴巴和卡西姆家的女僕瑪吉娜，是從小一起長大的好朋友。

他知道卡西姆對僕人非常的苛刻，因此暗自發誓，有一天一定要讓瑪

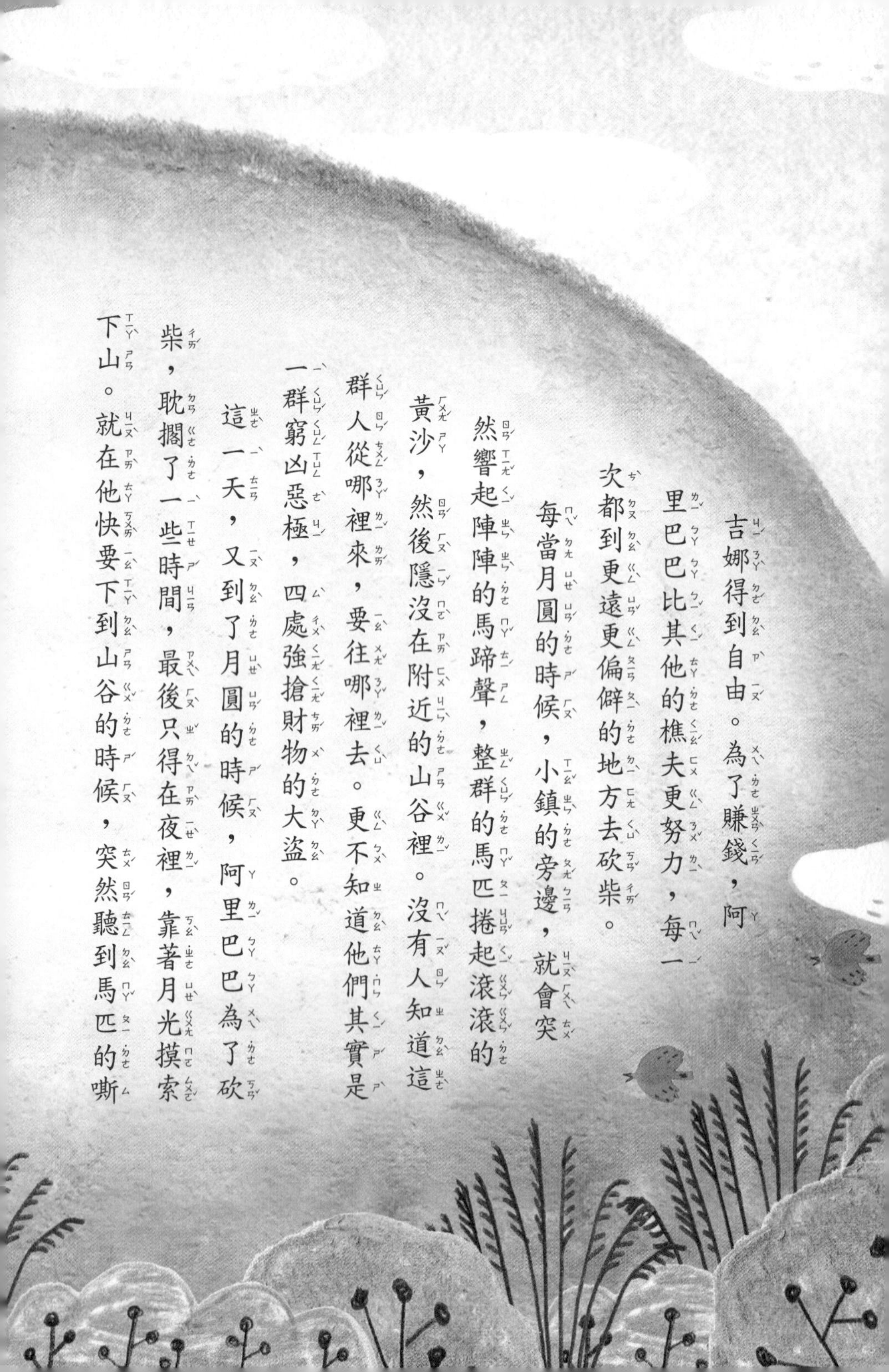

吉娜得到自由。為了賺錢，阿里巴巴比其他的樵夫更努力，每一次都到更遠更偏僻的地方去砍柴。

每當月圓的時候，小鎮的旁邊，就會突然響起陣陣的馬蹄聲，整群的馬匹捲起滾滾的黃沙，然後隱沒在附近的山谷裡。沒有人知道這群人從哪裡來，要往哪裡去。更不知道他們其實是一群窮凶惡極，四處強搶財物的大盜。

這一天，又到了月圓的時候，阿里巴巴為了砍柴，耽擱了一些時間，最後只得在夜裡，靠著月光摸索下山。就在他快要下到山谷的時候，突然聽到馬匹的嘶

叫聲，並看到揚起的陣陣塵土。仔細一看，騎在馬上的人各個都長得高頭大馬，橫眉豎目，帶著大刀。帶頭的首領臉頰上更有一道刀疤，看起來就不像是好人。阿里巴巴數了數，總共有四十個人，他嚇得躲起來，一動也不敢動。

強盜首領下馬，對著整片光滑的山壁大叫：「芝麻開門！」，沒想到山壁竟然打開了一道大門。強盜們把搶來的財物帶進山洞之後，雙手空空的

出來，接著就匆匆的離開了。

阿里巴巴確定強盜們不會再回來了，忍不住好奇，也到了強盜首領站的位置，對著山壁大叫：「芝麻開門！」結果山壁再度開出一扇大門。

阿里巴巴進到了山洞裡，驚訝的睜大了眼睛，裡面放了滿滿的珊瑚、瑪瑙、金銀珠寶。阿里巴巴捧起這些財寶，開心的又叫又跳。但很快的，他就冷靜下來，他猜出這些人一定是殺人不眨眼的強盜，如果被發現，自己就要遭殃了。阿里巴巴謹慎的拿了一袋金幣，然後趕緊離開。

從這一天開始，阿里巴巴從山洞裡一點點、一點點的拿出寶藏，幫助很多鎮上的窮人。也用金幣幫瑪吉娜從卡西姆的手中贖

回自由。阿里巴巴和瑪吉娜開心的結婚，過著幸福快樂的日子。

卡西姆拿著阿里巴巴付出的金幣，卻一點也快樂不起來，他又羨慕，又嫉妒，好奇的想要知道阿里巴巴的金幣是從哪裡來的？可是阿里巴巴守口如瓶，不管卡西姆怎麼哀求，怎麼逼問，都問不出答案。

最後卡西姆也喬裝成樵夫，偷偷的跟蹤阿里巴巴到山谷裡。當卡西姆看到阿里巴巴念著咒語，然後從山洞裡拿出一袋金幣時，又驚訝，又興奮。他終於知道阿里巴巴的祕密了！

卡西姆與四十大盜

故事採集・改寫／黃郁欽

故事來源／《一千零一夜》

卡西姆知道了寶藏的祕密，等到阿里巴巴離開之後，也依樣畫葫蘆的對著山壁大喊：「芝蔴開門！」

卡西姆進到了山洞裡，被眼前堆積如山，閃閃發亮的寶物給迷惑了。雖然他已經很有錢了，但他並不滿足。他開始想著，只要把全部的寶藏都拿走，他就是全鎮上，不！全世界最有錢的人了。他的腦袋裡不斷的盤算著，要怎麼把這些金銀珠寶搬走？要怎麼花用？要蓋最

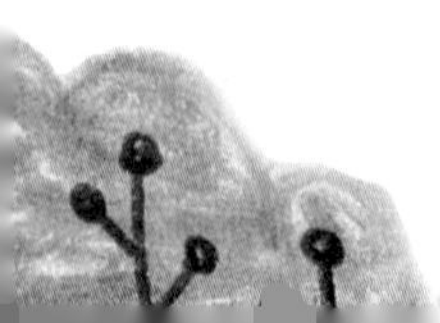

豪華的宮殿，要買最美麗的綾羅綢緞。還有，要雇用更多的僕人來保護這些財富，防止別的壞人偷走！

卡西姆邊想著，邊用盡全部的力氣，又搬又抱的拿起五六袋滿滿的金幣，想著下回要拖十隻驢子來，把這裡堆積如山的金銀珠寶都帶走！可是當他要出去的時候，望著已經關上的大門，才發現自己因為太興奮，竟然忘記了剛剛念的開門咒語。

卡西姆只記得咒語好像是跟食物有關，於是對著山門大叫著：「紅豆開門！」可是山門一動也不動。

卡西姆又大叫著：「花生開門！」

門沒有開。卡西姆越來越驚慌，繼續胡亂叫著任何想得到的咒語：「核桃開門！」「玉米開門！」「番茄開門！」可是不管他怎麼叫，門都沒有打開。

卡西姆在山洞裡待了不知道幾天幾夜，他覺得又饑又渴，可是這些金銀財寶不能當飯吃，也不能當水喝。卡西姆擔心害怕的困在珠寶堆裡。直到下一次月圓的時候，卡西姆已經奄奄一息。

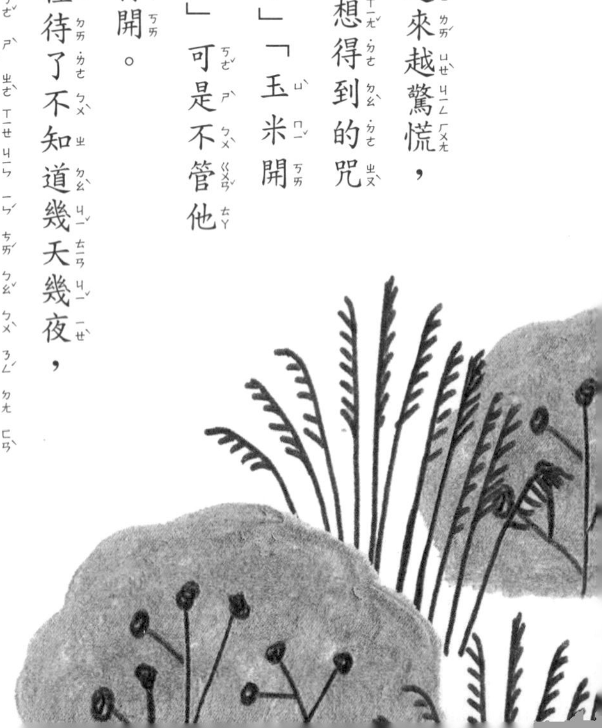

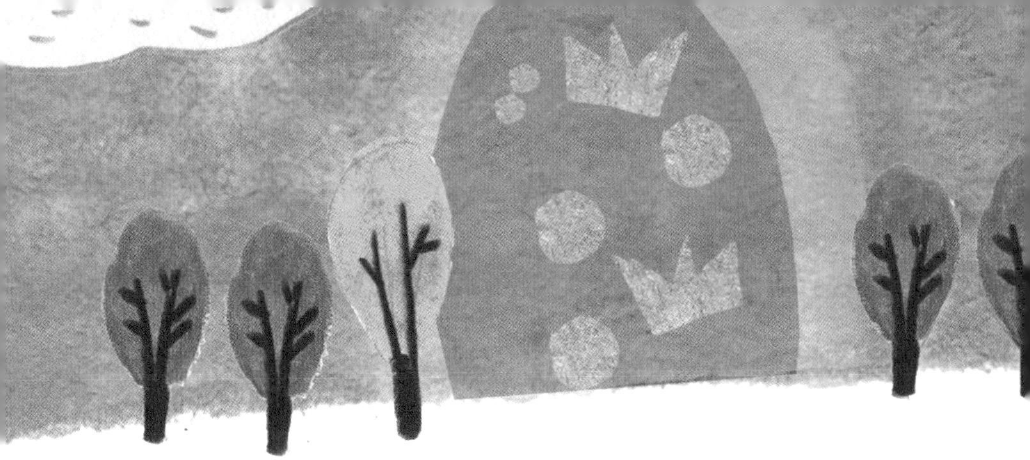

卡西姆突然聽到有人在外面大喊：「芝蔴開門！」山壁的大門打開，卡西姆正開心歡呼，沒想到進來的是那一群強盜。強盜首領看到抱著滿滿金幣的卡西姆，又驚訝，又生氣。他沒想到竟然會有人發現他們的寶藏。

卡西姆被抓了起來，強盜首領威嚇卡西姆，逼問他為什麼知道寶藏的祕密？卡西姆連忙提出交換條件，一五一十的把阿里巴巴的事都說出來，以為強盜首領會放過他。結果貪財又壞心的卡

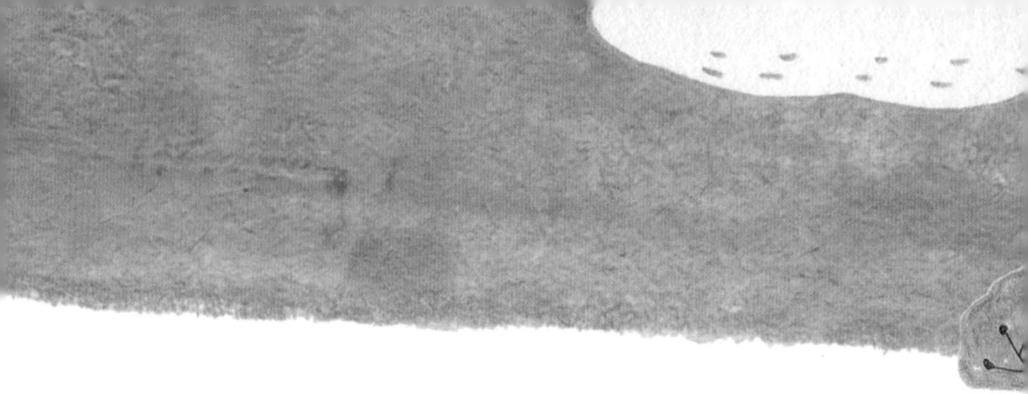

西姆並沒有逃過一劫，強盜還是殺了卡西姆，而且決定要對付知道他們的祕密的阿里巴巴。

強盜首領派了一名手下，潛到小鎮上，打探阿里巴巴的底細。果然發現他在短短的時間之內，從一個小樵夫變成大富翁，原本的小破茅屋，已經改建成了一戶大宅邸，強盜猜想這一定和他們山洞裡的寶藏有關係。於是強盜找到了阿里巴巴的住家，並

在門上用筆畫了記號，決定等到晚上的時候，趁著黑夜攻入阿里巴巴的家，讓他付出最慘痛的代價！

這一天，阿里巴巴像平常一樣的回到家，卻沒有察覺異狀，絲毫都不知道死神已經快要降臨到他的身上。

瑪吉娜與四十大盜

故事採集・改寫／黃郁欽

故事來源／《一千零一夜》

阿里巴巴的太太——瑪吉娜頭腦很聰明又很機伶。這一天傍晚，她回家的時候，突然發現家門口上被畫了一個小小的記號。瑪吉娜覺得有點可疑，又查看了其他鄰居的房子，發現他們的門口並沒有任何記號。

夜裡，強盜們在衣袍下藏了大刀，悄悄的到了小鎮，正準備要找大門上有記號的房子，衝進阿里巴巴的家，大開殺戒的

時候，卻都傻住了。因為整個鎮上，家家戶戶的門上，都有強盜留下的記號，這一間也是，那一間也是。強盜首領責問他派出去的手下，到底哪一間才是阿里巴巴的家。手下已經記不得了，支支吾吾的答不出來，更不知道為什麼會變成這樣？

原來瑪吉娜看到記號之後，覺得事有蹊蹺，於是想了個方法，用筆在其他的房子門口也都畫了同樣的記號，果然混淆了強盜的視聽，讓他們沒有辦法對阿里巴巴下手。

強盜們不死心，第二天，又重新確認了

阿里巴巴的家。

這一回，強盜首領偽裝成賣油的商人，領著一隊騾子，載著四十個油甕進入小鎮。他到了阿里巴巴的家門前，藉口天色已暗，趕路不及，希望能在這裡借住一晚。阿里巴巴慷慨的答應，把騾子安頓在後院，並盛情的招待油商跟他們一起共進晚餐。

瑪吉娜帶著僕人在廚房裡準備著晚餐，不料僕人這時才不安的跟她道歉，廚房的油已經用完，而現在店家都休息，也打不到油了。瑪吉娜這時想到，今天來借宿的不就是油商？先跟他借點油，等一下用餐時，再向他說明。

於是瑪吉娜就到後院，打開了第一個油甕，正要打油的時

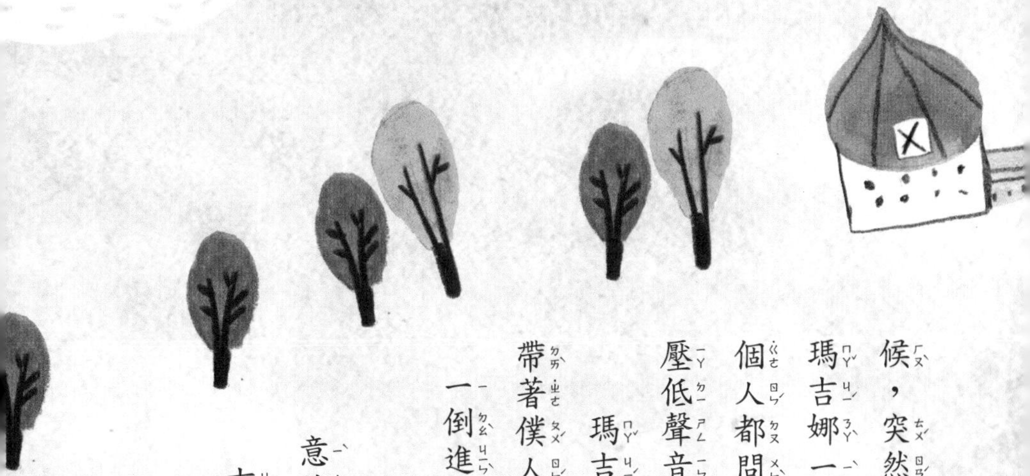

候，突然聽到其他甕裡傳來人的聲音，有人抱怨著甕裡好悶。瑪吉娜一驚，帶著僕人一一敲著其他的三十九個油甕，裡面每個人都問著，「可以出去了嗎？」瑪吉娜示意僕人，於是僕人壓低聲音的回答：「再等等！」

瑪吉娜猜出這些人一定是要對阿里巴巴不利的強盜，於是帶著僕人在第一個油甕的下面升起了火，把油燒得滾燙，再一一倒進其他的油甕裡，那些強盜就全部都被燙死了。

強盜首領完全不知道他的詭計已經被識破，還開心得意的和阿里巴巴用餐喝酒。這時候，音樂突然響起，瑪吉娜已經換上了豔麗的舞衣，搖擺扭動的跳著肚皮舞，一步步跳向強盜首領。

強盜首領已經酒足飯飽，放鬆的隨著音樂打著節拍，不料就在這個時候，瑪吉娜突然抽出暗藏的刀子，刺死了強盜首領。

阿里巴巴嚇壞了，瑪吉娜連忙安撫他，並說出了強盜們的意圖。阿里巴巴這才知道，聰明又勇敢的瑪吉娜救了他一命。而強盜們都死了，於是阿里巴巴安心的把寶藏全部拿出來，幫助需要幫助的人。

難忘心情

小時候生長在單純而不富裕的環境，故事，是可以帶著我上天下地，穿越古今，得到無窮滿足的唯一途徑。阿里巴巴與四十大盜，這個《一千零一夜》中的故事，裡面有巨大的財富、驚奇的冒險、聰明機智的展現還有獨特的異國風情。或許，對現在的小朋友來說，電視或電腦可能可以帶來更多的刺激和資訊，但是文字的閱讀，雖然少了聲光，卻多了更多想像的空間，可以讓自己的腦袋馳騁在幻想的世界裡。

說故事的人

黃郁欽，學的是電影，一九八六年開始擔任電視編劇迄今。喜歡天馬行空的幻想，自由自在的畫圖。一九八八年開始創作繪本，一九九六年與同好成立繪本創作團體「圖畫書俱樂部」。二〇一五年催生臺灣第一本繪本誌《大野狼》。曾獲得國語日報牧笛獎首獎、陳國政兒童文學獎優選和信誼幼兒文學獎佳作，並於二〇一六年入選義大利「波隆那插畫展」。

作品有《我家在這裡》、《繪本感小物的旅行紀事》、《給我咬一口》、《給你咬一口》、《好東西》、《我不要跟你玩了》等。

國家圖書館出版品預行編目 (CIP) 資料

111 個最難忘的故事 . 第一集 , 誰能讓公主笑 /
桂文亞等著 ; 林雅萍繪 . -- 初版 . -- 新北市 :
字畝文化創意出版 : 遠足文化發行 , 2018.03
面 ; 公分 . -- (Story ; 6)
ISBN 978-986-95508-9-5(平裝)
859.6 107000256

Story 006

111個最難忘的故事 第一集 誰能讓公主笑

作者｜桂文亞、管家琪、童　嘉、岑澎維、王文華、黃郁欽等
繪者｜林雅萍

字畝文化創意有限公司
社長兼總編輯｜馮季眉
責任編輯｜洪　絹
特約編輯｜陳玫靜
封面設計｜三人制創
內頁設計｜張簡至真

出　　版｜字畝文化創意有限公司
發　　行｜遠足文化事業股份有限公司 (讀書共和國出版集團)
地　　址｜ 231 新北市新店區民權路 108-2 號 9 樓
電　　話｜ (02)2218-1417
傳　　真｜ (02)8667-1065
客服信箱｜ service@bookrep.com.tw
網路書店｜ www.bookrep.com.tw
團體訂購請洽業務部 (02) 2218-1417 分機 1124

法律顧問｜華洋法律事務所　蘇文生律師
印　　製｜中原造像股份有限公司

2018 年 3 月 7 日初版一刷
2024 年 8 月　　初版十三刷
ISBN 978-986-95508-9-5　書號：XBSY0006　定價：320元

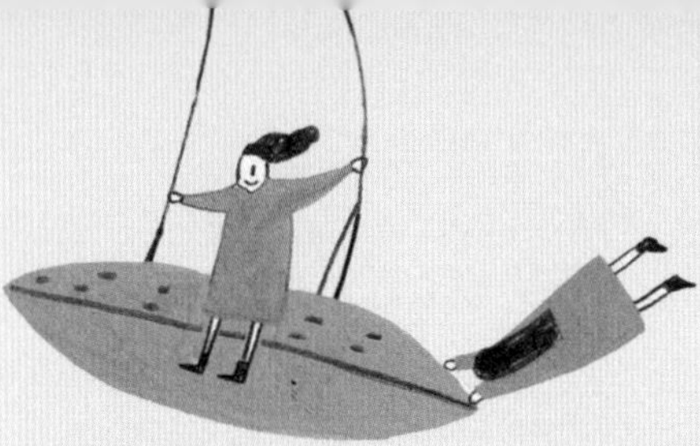

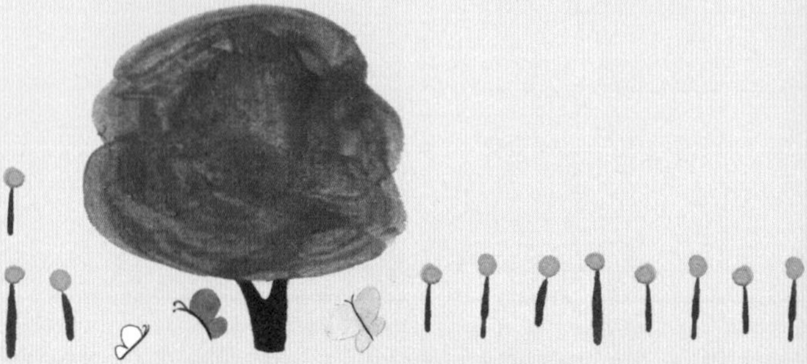